這一年吃些什麼好？

東京家庭的四季飲食故事

新井一二三

第30號作品

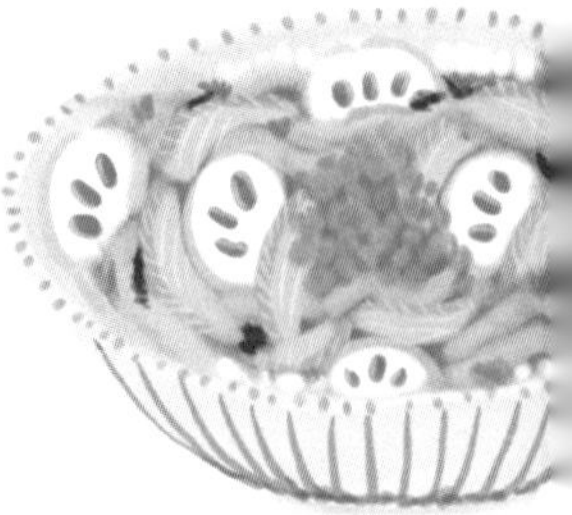

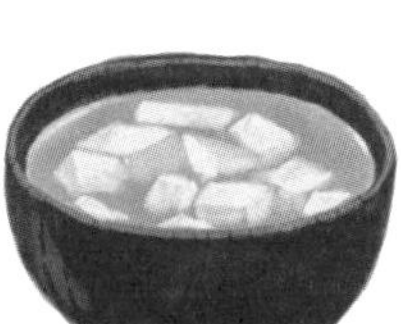

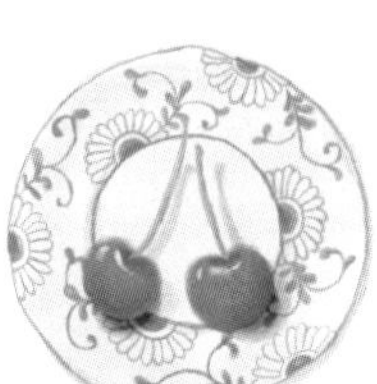

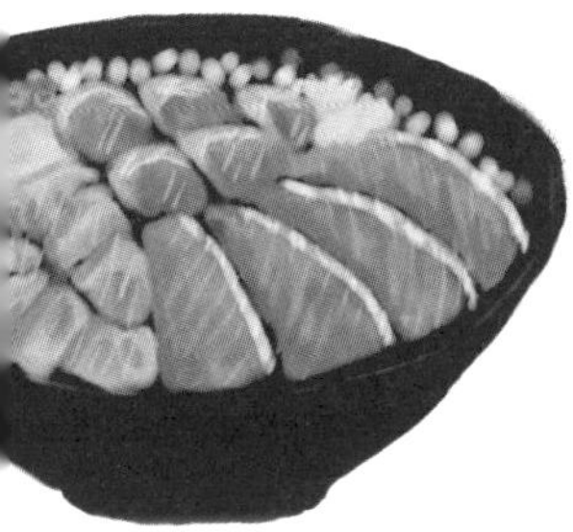

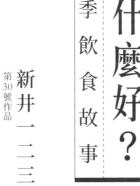

【推薦序】

在四季流轉中，找「巧遇」滋味

美食作家王浩一

旅遊各地，我喜歡走訪小鎮市場前的小農攤位。五月下旬，在台南的官田區，約是早上八點半抵達，市場前有一小攤車，小農是七十七歲的阿公阿婆，擺著今天採收的玉荷包荔枝，只有三把，他們說這是家裡田邊的荔枝樹採收的，十五年的樹齡，過去產量甚少，只夠自己吃，今年豐收，算是市場初體驗。端午前這一陣子，每天都採收三、四把玉荷包來此販售。我買了兩把，也問了攤上一包包自種的花生產季，台灣的花生多耕種在秋冬，為何他們家的，選在初夏暑氣前？那攤車上的十多顆大西瓜，又是怎麼回事？

離開荔枝阿婆，前往市場，有一攤菜販菜色不少，我好奇其中堆疊一落黏著紅土的白蘿蔔。白蘿蔔主產季是寒秋到三月，之後超市所販售的多是韓國進口的，眼前的一根根五月紅土蘿蔔顯然是國產的，我好奇問道哪裡種的？「埔里的！」我想起來了，埔里是台灣夏季蘿蔔的重要生產地，「大坪頂」海拔六百公尺，紅土微斜坡，不易積水，春雨少，日夜溫差大，多在梅雨季節前的五至六月採收。以前僅聽過埔里產夏季蘿蔔，今天開心買了兩根回家試試滋味。老闆問我要不要香菜？蘿蔔煮湯增添風味！

平常我總關注著台灣的四季飲食故事，也好奇世界各地的四季飲食文化。

閱讀著新井一二三的新作，開心想像作者筆下的日本四季飲食故事，《這一年吃些什麼好？》書名有趣，吃什麼？當然是著時的四季蔬果！我們的餐桌食材跟小農自家作物一樣，它們隨著四季流轉，也觸動著我們在寒暑之中味蕾不同滋味。橙黃綠橘四季作物引發食慾，大家日常而且簡單的隨季飲食，卻成就了自己家食傳承。小鎮城市也是如此，各地堆累了夠多的人文美食大數據，進而形成了動人的習俗傳統，甚至連結了節日慶典與美食之間的關聯。

《這一年吃些什麼好？》不僅說著四季作物與鮮魚店的漁獲，更娓娓介紹了飲食文化與四季的關係。我喜歡「六月美食」其中一篇〈我是壽司師傅的女兒〉，作者從新鮮嫩薑上市，說到她從父親處學到吃鮭魚子「軍艦卷」壽司，如何用嫩薑片蘸醬油，再把嫩薑片當成刷子，間接讓鮭魚子蘸上了醬油，避免壽司為了蘸醬油，發生了鮭魚子滑落到碟子裡的餐桌事故。文字裡的食材故事清新有致，食物的滋味躍然紙上。

新鮮嫩薑的萌發季節，台灣是四月，日本是五月。今年春末我在台東都蘭「巧遇」嫩薑小農，回家之後從網路學得如何「泡醋嫩薑片」的做法，白醋醃漬罐裡我則多添加了酸梅，讓甜鹹嫩薑更富滋味。說「巧遇」，則是如同作者所言：「菜市場上看到了嫩薑，就應該抓機會購買了，否則不知下次相見在何時。」

「九月美食」的第一篇〈巨峰葡萄與新高梨子〉，作者多了一些台灣食材歷史的溯源。她的開場白：「不知不覺之間，西瓜和香瓜的季節已經過去了。」她介紹著新上桌的節令水果，逑說著童年的啖食葡萄經驗。其中她特別「解惑」了我的困擾，原來在日本，桃子叫桃子，西瓜叫西瓜。但是葡萄就不叫成葡萄，反而以個別品種稱之，所以有了「貓眼」「巨峰」「晴王」等等，和最近開發出來的「香印麝香」等眼花撩亂的稱謂。作者爬梳著也深受我們喜歡的巨峰葡萄沿革，它又如何從日本引進到台灣。面對這個碩大甜美的鮮果，美食議題永遠吸引著我，興致盎然。

至於「新高梨子」更有意思了，「新高山」是日治時期他們對玉山的稱呼（玉山比日本最高峰富士山更高，多出了一百七十六公尺），當年日本人在玉山新開發出高品質的梨子，需要命名，然而日本有規定凡是新品種的命名必須有地名，於是「新高梨子」享譽日本，「新高山」也名聞天下。即使一九四五年台灣光復了，這個水果至今還稱之「新高」，它成了歷史的一部分。作者還說「新高梨子」目前的日本占有率排行第三呢，想想，如果有一天我們在日本旅行，手持一顆「新高梨子」品嚐，會不會有些許微妙感覺？

我們的文化一直有「二十四節氣」的傳承，四季細分成二十四節氣，關於富饒的台灣田野山丘，隨著節氣變化，有許多美好的農作物，每次接觸這些蔬果，每次都令人感動。放眼日本，作者也跟隨著四季、十二個月說著食材的更迭，也更進一步講著她童年的、家鄉的、地方的、日本的種種衍生的飲食故事，溫馨而美麗，讓我們讀來有共鳴，也多了一些反觀。食材著時，永遠是美味！

【序】

最後一個平常年的紀錄

新井一二三

這本《這一年吃些什麼好？》收錄的文章，是我從二〇一九年三月到二〇二〇年二月寫的。記得最初跟大田出版的總編輯培園討論，下一本書要寫什麼內容時，她提議說：飲食、旅行或者閱讀。

這些方面的文章，我過去也寫過。可仔細想一想，關於飲食的專書，我只出過一本《歡迎來到東京食堂》而已，確實不妨再寫一本。至於體裁，我當場就決定：每個月寫一篇文章談談該月吃的東西，這樣子過一年就會有談及一整年飲食生活的書了。

於是從二〇一九年的三月開始，我每個月寫大約八千字的文章。按月分寫，結果自然寫到季節的轉變來了。我發現，在日本人的飲食生活中，有幾個方面明確具有季節感：水果、海鮮、和菓子。

水果，我每天早晨一定吃的。海鮮，我也每週一定去中央線立川車站附設的魚力鮮魚店採購。至於和菓子，就是因為有減肥之必要，所以平時得施行自我控制，可是到了節日就一定要嚐嚐對應的甜點，因為這屬於人文生活不可缺少而非得給下一代傳授下去的本國文化。

每月每月，我一邊寫文章，一邊叫家中老二幫我拍拍照。家人以及跟我共食午餐的同事都說過：給外國人看的書，妳選的題材都這麼平民化，可行嗎？但是，我又不是幻想小說家，而是專門寫寫生活小事的散文家。且借用白話運動的推動者們所說的「我手寫我口」，本人都只能說「我手寫我口」了。

我本來認為：寫這時代日本人的日常飲食生活也可以。畢竟，日常生活就是人生的主要內容。其中，飲食的重要性，根本不需要由我這個化外之民去向華文讀者說明吧。

飲食是一種文化的具體表現。我的飲食習慣，不外是從小到現在，好幾十年來的生活經驗和思索、實踐的綜合。另一個因素就是時間，或說是生老病死。寫著關於飲食的回憶，我常常講到已故父親和姥姥，因為我喜歡吃的東西，往往是他們當初餵我的。食物讓孩子長大；食物使生命前進持續。食物是物質，食物含營養的同時，食物也是傳達愛情的橋梁。

未料，原來以為再平常不過的一年，後來逐漸變為人類歷史上很不平常的一年了。我二〇一九年三月著手寫這本書，寫到最後一章是二〇二〇年二月。在東京再相見面的時候，總編輯和我都戴著口罩了。那是在禁足令生效之前，我最後一次出外見人聚餐的一天。

後來，三月分預定的午餐會、歡送會、校友會、畢業典禮，通通都取消。年年歲歲盛開的櫻花，今年也照樣開了，可是今年的「花見」遭禁止了。老公當初還提議說：那麼改在家中陽台上舉行吧。後來卻沒有，因為在這樣的全球環境裡，連愛享樂到底的老饕都不會有心思享樂的。

四月在日本是新年度的開始。可是，女兒新上的大學取消了入學典禮。等到五月，她和老大兒子都開始在家裡線上上課。至於他們的母親，也得平生第一次從家中書房通過網路給總共兩百個學生授課。

防疫的日子裡，出外採購都受限制。可是，在這一段時間裡，家中每個成員都一定在家裡吃三頓飯，未料使伙食水平稍微提高。對誰而言，一天三頓飯變得更加重要，這對廚子而言，算是鼓勵。無法出去跟朋友聊聊，結果家人之間說話都比平時多了。

我寫這本書的時候還以為，家庭生活嘛，一樣的故事每年都要重複下去的。然而，這一年果然變成很不平常的一年了。我們吃的、喝的、想的、談的，雖然在一方面來說是去年的重複，可從另一方面來說，我們進入了根本沒想到的境界。

這場疫情結束以後，人類到底能回到跟原來一樣的世界嗎？

所以，我在這本書裡寫的東京家庭一年四季的飲食生活，說不定是最後一個平常年的紀錄了。明年、後年，世界到底會變得怎麼樣，真難預知。既然如此，我們還是盡量珍惜每一天吃的每一頓飯吧。邊吃邊談已過世的長輩吧。也談談曾去過的外國城市，想再見的外國朋友吧。記得食物不是單純的物質，食物也是愛情的化身，因為對人類來說，食物歷來都是跨越時間的橋梁。

目錄 CONTENTS

一月

二月

三月

四月

五月

六月

七月

八月

九月

十月

十一月

十二月

照片攝影：林弓

1

一月

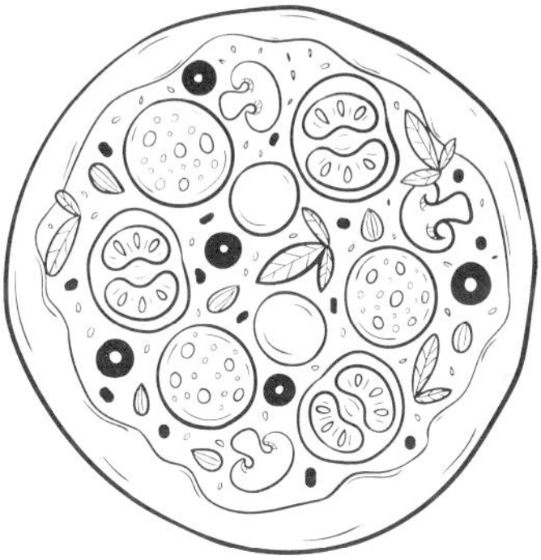

小寒／大寒

黃色鑽石
——「數之子」

等到再過十幾個小時，《紅白歌合戰》開播的時候，拿出鯡魚子嚐嚐吧。大概就能吃出「黃色鑽石」的滋味了。

元旦出現在我家餐桌上的「御節料理」中，最花時間準備的是「數之子」，即鯡魚子。

鯡魚是北方海裡生息的魚類，在東京等日本中部，一般都看不到、吃不到。大概唯一的例外是京都的「鯡蕎麥」；乃把風乾鯡魚泡水後紅燒，擱在蕎麥湯麵上吃的。京都為什麼有風乾鯡魚而東京沒有？因為京都是日本的千年首都，歷來全國的好東西都集合於一處。在「鎖國」（海禁）政策下國民經濟發達的江戶時代，就有從北海道通過日本海，運輸北國乾貨到京都來的固定航班叫「北前船」；果然「鯡蕎麥」的湯底也是用北海道產的昆布熬出來的。

每年年底我去魚店採購的鯡魚子，有國產、美國產、俄羅斯產之別。大海上沒有國境，不同的是釣上了鯡魚以後的加工技術，是不是？

然而，魚店伙計說：其實大小也不一樣的，日本產的最大，美國產的其次，俄羅斯產的最小，價錢成正比。

若是平時吃的東西，我不大會買最貴的，但是每年一次過年才吃的年菜，好吧，買最好的吧，只要買得起。而這些年，鯡魚子的賣價遠沒有一九六〇、七〇年代貴了，當年鯡魚子曾有過「黃色鑽石」的外號呢！

上世紀有一段時間，鯡魚子在日本被視為魚卵之王，是大公司送給頭等顧客的高級禮物。如果到了十二月，市面上的鯡魚子供不應求的話，有時價格會漲到不像食品倒像寶石的地步，因而來的「黃色鑽石」之稱。一九八〇年，一家叫北海的海產商社，企圖控制鯡魚子的價錢而發大財，把大量的鯡魚子藏在倉庫裡不出售，結果市場需求沒預期的強，導致該公司破產倒閉，並從業界永遠撤出去。

不僅圍繞著鯡魚子，而且圍繞著鯡魚本身，都有不少投機成功或失敗的傳說。昭和時代的日本歌謠界，有名噪一時的填詞人，乃身兼二〇〇〇年直木賞（後來由吉永小百合飾演女主角而拍成電影的《長崎逛逛節》）得主的小說家中西禮。他有一首作品叫做〈石狩輓歌〉。雖然是一首時代曲，但是聽這首歌的感覺跟閱讀一篇短篇小說或者鑑賞電影一般。主人翁是他哥哥，戰爭時期當上了注定犧牲的特攻隊機師，然而倖免於難撿回來的一條命，卻不能好好珍惜。曾有一次，中西的哥哥經售鯡魚大發財，還蓋了當地所謂的「鯡魚御殿」（豪宅），可是懂得進攻不懂得退守，很快又失去了全部財產。他們兄弟是二戰結束後，從當年滿洲（中國東北）遣返回來的；在世界觀、人生觀方面，似乎都有與島國長大的同胞們稍微不同的傾向，那反而導致了弟弟中西禮在主流社會中成功。〈石狩輓歌〉在一九七五年，適逢「黃色鑽石」的價錢越走越高的時候，獲得了日本作詞大賞作品賞。

所以，我小時候沒吃過鯡魚子並不奇怪。當年只在電視新聞節目中，聽過「黃色鑽石」的名稱，根本沒看過其實物，正如我當年也沒看過真正的鑽石一樣。記得有一年，大概鯡魚子的價錢開始下降以後吧，父母雙雙出去買年菜的材料，頭一次也買來了一盒鯡魚子。然而，母親恐怕之前沒吃過鯡魚子，更沒有料理的經驗，想都想不到鹽醃食品一定要泡在水中去掉鹽分才能入口的。到了元旦，父親叫母親把鯡魚子拿出來。這時，真相才暴露於光天化日之下；父親發怒，母親死不認錯，硬把鹹鹹的鹽醃鯡魚子就那麼地切成小塊，放在年初一的飯桌上了。

之後很多年，我都不敢碰「黃色鑽石」，有點像受了詛咒。等到結婚以後，去婆家拜新年，才吃到了去鹽以後，重新泡在柴魚味醂醬油中調味好的鯡魚子。它口感很特別，吃起來像是用塑膠做的東西。一粒又一粒的魚子，大小在烏魚子和鮭魚子中間，能用舌頭嚐得到明確的輪廓，咬住時又能感覺到魚子外皮的彈性。可以說在眾多魚子中，鯡魚子是最硬、最結實的一種。果然，它在日語中壟斷「數之子」的通名，在年菜裡，永遠扮演代表子孫繁榮的角色。

這些年，我都於年底十二月三十日早上開始，把鯡魚子泡在跟海水一樣濃度的鹽水中，慢慢去掉鹽分。每兩個鐘頭換一次水，然後把兩隻手放在水中，慢慢剝掉白色皮膜。過了六到八個小時，鹽分該差不多少了。如果嚐一嚐，發覺原來去鹽過頭反而有了苦味，那麼又得把鯡魚子放回鹽水中叫它吸收鹽分！總之，鹹度恰到好處了，方可將其泡在混合調味料中。這時候，時間應該是十二月三十一日凌晨了。等到再過十幾個小時，《紅白歌合戰》開播的時候，拿出鯡魚子嚐嚐吧。大概就能吃出「黃色鑽石」的滋味了。

父親的至愛
——「酢蛸」與黑豆

我每年煮關西尺寸的蜜糖黑豆，也買來關東尺寸的大紅醋章魚。然後，把兩個小碟和一杯清酒放在老爸照片前，敬他一杯。

日本年菜中，「黃色鑽石」即鯡魚子代表子孫繁榮。蜜糖黑豆則象徵勤勤懇懇勞動到全身曬黑。我在「御節料理」（日本年菜）中最喜歡的兩樣菜餚，一個是染成紅色的醋泡大章魚，另一個就是蜜糖黑豆。寫到這兒，忽然想到：其實這兩樣也是已故父親的至愛。那麼，我吃的到底是食品還是回憶？

一年裡其他時候都沒有，過年時候才吃的紅色大章魚，日語稱之為「酢蛸」（すだこ），原料來自北海道。它的一條腿就跟大人的手腕一般粗，重量則會超過一公斤，是煮熟以後泡在紅醋調味料中的。顏色呈大紅的大章魚，並不是全日本都吃；根據一個電視節目製作組的調查，富士山腳下靜岡縣以東、以北的地方才有得吃。

「酢蛸」的歷史可追溯到江戶時代，一八〇八年出版的《素人包丁》（淺野高造著）一書裡就有介紹。有趣的是出版了《素人庖丁》的書肆位於大阪；也就是說，當年在靜岡縣以西的關西地區都有吃「酢蛸」的習慣。不知道關西人到底什麼時候才改主意不吃了呢？大阪長大的老公說：來東京上大學之前，連看都沒看過既大又紅還酸酸的大章魚。關西人吃的是瀨戶內海產的小章魚，小巧玲瓏到能托在手掌上，給人印象非常不一樣。

跟來路神祕的大章魚相比，蜜糖黑豆的履歷則光明正大得多了。據說，中國最古老的藥書，秦漢時期成書的《神農本草經》裡，寫著「煮汁飲，殺鬼毒」的「大豆黃卷」就是黑豆芽菜。後來，日本平安時代編纂的書本裡，都講到「烏豆」即黑豆的療癒功能。

到了江戶時代，日本已經開始出現名牌黑豆。我每年都購買的兵庫縣產「丹波篠山黑豆」，則是當年老遠從產地運到江戶來，獻給了德川將軍的高級品。明治以後，為天皇家服務的宮內廳又定期採購「丹波篠山黑豆」，使之進一步聞名全國。

這種黑豆比一般黑豆大得多，而且花一天半時間在醬油糖水裡慢慢煨好，就會煮成外皮完整同時內部飽滿的樣子，確實可說為少見的理想豆子了。為了使黑豆外皮更加發亮好看，在料理過程中，經常把生鏽釘子等鐵製品放在鍋中（我則用專門為此目的生產的「鐵鯛魚」）。對蜜糖黑豆而言，外皮和內容是一樣重要的。

記得我父親在世的最後一次元旦，我把他喜歡吃的蜜糖黑豆煮好後帶到娘家。老爸躺在床上，已經幾乎不能吃東西。要是在食道裡塞住了，後果會不得了。所以，我先把黑豆的外皮全去掉，僅把赤裸的豆子送進他嘴裡。可是，去掉了外皮，黑豆就沒有了黑豆的口感，也沒有了黑豆的味道。

寫到這兒，我又忽然想起：就是在那翌日，老爸坐妹妹開的車，最後一次住院去的。在醫院待的一個月，他都不能從嘴巴吃東西，反之靠著送進血管的營養物，維持了生命。他去世以後，我才曉得，就是那營養物來的水分，一點一點積在肺裡，使他呼吸越來越困難的。

我懂得買「丹波篠山黑豆」是因為嫁給了關西人，受了啟發的緣故。關西的飲食文化比關東發達，乃有歷史原因的：日本的古都，即是天皇與貴族生活的奈良、京都，均位於關西。在整個東亞長年最先進的中國文化，也是從日本西部逐漸傳播到東部來的。

我已故的父親是關東人。母親也是關東人。他們從來沒買過「丹波篠山黑豆」；我不曉得他們有沒有吃過。並不是關東人沒有錢買大粒的黑豆，而是關東人不明白：為何要花很多錢去買大一點的黑豆，花一樣多的錢，不如買肉、買魚，不是嗎？

稱之為文化差異、不同價值觀都沒有錯。總之，我每年煮關西尺寸的蜜糖黑豆，也買來關東尺寸的大紅醋章魚。然後，把兩個小碟和一杯清酒放在老爸照片前，敬他一杯。

溫暖身體的料理
——俄羅斯湯與皮羅什基肉餅

主婦不分國籍，都愛節約，傾向於盡量用家裡手邊有的東西。

還是太冷了。要吃熱的東西暖暖身。據我觀察，保溫性高的食品，要麼來自烤箱，或者來自鐵鍋、砂鍋。今晚要吃烤箱來的焗烤通心粉？還是砂鍋來的獅子頭好？對了，對了，鐵鍋來的俄羅斯湯配上烤箱來的肉餅（皮羅什基）不就是一舉兩得嗎？

我在這裡說的俄羅斯湯，基本上是羅宋湯加甜菜（紅菜頭）。

據我理解，羅宋湯是融入了中國東南部以及港台地區飲食生活的唯一一種俄羅斯菜。這當然有歷史原因：二十世紀中期，逃難的上海人把當地食品帶入了香港、台灣。「羅宋」兩個字指的不是菲律賓呂宋島而是俄羅斯，是上海話把俄羅斯叫做羅宋的。

我做俄羅斯菜，參考的是荻野恭子老師寫的食譜。她是我朋友俄羅斯語專家黑田龍之助老師的學生。原來，勤勉的世界料理專家，為了跟各國廚師、主婦直接學當地的烹飪文化及技術，特地上課學多門外語，其中還包括以難度嚇壞不少人的俄語呢，好厲害。

荻野老師教的俄羅斯湯做法如下：首先要把牛肉（三百克）在水裡熬上一個鐘頭；另在法國鐵鍋中熱油炒切小的洋蔥（半顆）、胡蘿蔔（三分之一）、蒜頭（一顆）、番茄（一小顆）；往鐵鍋加入牛肉湯、高麗菜（三百克）、馬鈴薯（兩顆）、蒔蘿（一把）、鹽、胡椒後，熬煮一個鐘頭；吃的時候，要加酸奶油。

我喜歡俄羅斯菜的原因之一，是材料、做法兩方面的彈性很高。這應該是俄羅斯地方大，各地的生活條件五花八門所致吧。總之，我一般都由冰箱裡常備的廉價豬肉來代替牛肉，也由熱量低的優格來代替酸奶油。效果一樣好，吃起來滿不錯的。

肉餅方面呢，則在不鏽鋼盆子裡，把高筋麵粉、焙粉、糖、鹽、雞蛋、牛奶、奶油混合好；同時在平底鍋中炒碎豬肉和洋蔥末，並以椒鹽調味備用。最後就像做肉包子一樣，在麵餅裡包好肉餡後，荻野老師說，放入熱油裡炸也好，送進烤箱去烘烤也好。油炸肉餅是亞洲式的，烘烤肉餅則是歐洲式的，彼此味道有所不同；所以在我家，把一半的肉餅油炸起來，把另一半的肉餅烘烤起來，這樣就能夠盡情享受歐亞大陸東西邊的兩種家鄉風味。

等肉餅做好了，鐵鍋中的俄羅斯湯也差不多了。該叫家中大小來開動晚餐。我每次都擔心自己是否做得太多了，四口子一頓飯吃不完。可實際上，從來沒有一次吃不完的，反而轉眼之間就看到了鍋底。

街上俄羅斯餐館供應的羅宋湯，都用甜菜使湯水呈紫紅色，再加上酸奶油，就會變成濃郁的粉紅色，滿好看的。可是，日本超市沒有賣甜菜，連罐裝的也不是四處都有。荻野恭子老師介紹的菜式，都是俄羅斯及周邊地區的家常菜。主婦不分國籍，都愛節約，傾向於盡量用家裡手邊有的東西。沒有甜菜不算大事，煮鍋高麗菜湯，一樣美味而暖身體。謝謝鐵鍋，謝謝烤箱，謝謝荻野老師。

荻野恭子　俄羅斯湯做法

1. 把牛肉（300 克）先熬煮一個鐘頭。
2. 熱油炒洋蔥（半顆）、胡蘿蔔（三分之一）、蒜頭（一顆）、番茄（一小顆）。
3. 注入牛肉湯、高麗菜（300 克）、馬鈴薯（兩顆）、蒔蘿（一把）、鹽、胡椒、酸奶油。

新年的奢侈
——河豚

日本人吃河豚的習俗，根據考古學研究，似乎跟日本的歷史一樣長。然而，吃起來極為美味的河豚，內臟裡卻含有毒物，而且是強烈到致命的。

河豚的名字經常聽到，恐怕在日本，連小孩子都知道。可是，吃到河豚的機會不是常有。一方面，河豚不是東京名菜，它的產地多半在日本西部。尤其山口縣下關市是全日本最有名的河豚集聚地；不僅是當地釣上的河豚，而且在其他地方釣上的河豚以及養殖的河豚，都集中在下關市場，經過適當處理，然後再從下關送往日本各地。

下關之所以成為日本河豚首都，乃明治維新後的一八八八年，全國第一家領到河豚供應許可證的餐廳，就是當地著名的飯店春帆樓所致。對於春帆樓的名字，也許有人覺得眼熟耳熟。這裡就是一八九五年，清朝代表李鴻章跟日方代表伊藤博文見面，簽下了馬關條約的地方。而在馬關條約中有一條款決定：清廷作為甲午戰爭的賠償金，把台灣割讓給日本。伊藤博文是當地山口縣人，春帆樓又是他勸已故朋友的妻子開的店。當時擔任首相的伊藤，指定談判場所為下關春帆樓，可說選擇了自己最能感覺自在的地方。

日本人吃河豚的習俗，根據考古學研究，似乎跟日本的歷史一樣長。然而，吃起來極為美味的河豚，內臟裡卻含有毒物，而且是強烈到致命的。因而十六世紀豐臣秀吉統一日本，再往朝鮮攻打的時候，為了不讓老百姓白白耗費性命，禁止食用河豚了。直到三百年以後的一八八七年，伊藤博文到春帆樓住宿，而老闆娘破例地給他提供了河豚吃，才導致現任首相馬上下令當地知縣發放許可證，乃日本販賣河豚許可制，日本人因而能夠放心吃河豚的開始。

八年之後，李鴻章一行一百多人抵達下關，於春帆樓跟伊藤博文等人見面；從三月十九日到四月十七日，雙方在能望到海上日方軍艦開往遼東半島的二樓會議廳不斷開會。李鴻章到底有沒有吃到河豚不得而知。可是，當年在春帆樓開會的模樣，至今仍保留在鄰近的日清講和紀念館；另外李鴻章每天從旅舍走到春帆樓的小路，則被當地人稱為「李鴻章道」，直到一百二十五年後的今天，仍能看到路牌。

我這次吃到河豚的地方不是下關，而是大阪南方的和歌山市。這裡是紀伊半島的西岸，乃大阪灣的入口處，隔海有淡路島。公公婆婆出身於紀伊半島山區的高野山腳下。老公從小常去高野山，但是從來沒到過海邊的和歌山市。高野山腳流著全國著名的紀之川，而沿著紀之川下去，就在和歌山市出海。長年的想像，這回要使之變為現實，老公說。

和歌山曾是江戶時代被稱為「御三家」之一的紀伊德川家領土。江戶時代二百六十多年，共十五名將軍中，有兩名是紀伊德川家出身的。果然，直到今天都保存著當年德川家人所住的城堡以及圍繞它的城河，附近有縣立博物館、美術館、音樂廳，似乎能聞到文化芳香。

其實，和歌山的歷史滿悠久的。公元八世紀，日本歷史上頭一本詩歌集《萬葉集》收錄的一些作品，就是在此地誕生。原來，和歌山之所以被稱為和歌山，乃它為許多和歌作品提供了背景的緣故。日語中，和歌作品的背景叫做「歌枕」。站在和歌山海岸觀看美麗的景色，自然而然地想起此地產生的一些古老詩歌來，讓人感受到「歌枕」的意

這一頓飯的費用達了四萬五千日圓，
應該是一年裡我們吃得最貴的一次。
也罷了，年初嘛！

義：把風景、文學、歷史、地理等多項人文因素都集於一處。

晚上是在當地著名的餐館銀平吃河豚。這家餐館自稱為「魚匠」，所提供的菜餚幾乎清一色是海鮮。最有代表性的是直接從和歌山港來的各種魚類刺身，以及在砂鍋中放入白米和烤過的大鯛魚煮成的「鯛飯」。另外也有蝦、烏賊、鮑魚等跟各類蔬菜一起油炸的天婦羅；自家製的煙燻文蛤、海螺、鮭魚肚；奶油煎魚、酒蒸魚頭、海膽火鍋，連沙拉中也有很多乾銀魚。日本關西地區的飯菜跟我們東京的飯菜相比，所用的材料不同，調味料也不同，吃起來感覺很新鮮，有點像吃外國菜似的。尤其是和歌山縣的醬油，顏色很濃但味道很淡，所以看起來的印象和吃起來的味道之間有一段距離。總之，吃著覺得滿有意思的。

因為是年初，店方只提供套餐；我們本來訂的是「鯛飯」套餐。後來，老公看著餐館的主頁發現：還可以吃河豚！離上次吃河豚，屈指數一數，已有些歲月了。該趁這機會，也嚐嚐河豚吧！於是另外點了四人份河豚刺身，盛在圓形大盤上，白色接近透明的河豚片擺得猶如大菊花，中間放著稍微燙過的魚皮，以及當配料的蔥絲、綠色檸檬、蘿蔔泥加辣椒粉。因為河豚刺身很有咬勁但味道清淡，所以蘸普通醬油吃，很難吃出滋味來。跟一點點檸檬、蘿蔔泥、辣椒粉一起吃，它清淡的味道便顯現出清楚的輪廓來，真是別有風味。

加點了四人份河豚刺身的結果，開銷則一下子漲了近五成。這一頓飯的費用高達四萬五千日圓，應該是一年裡我們吃得最貴的一次。也罷了，年初嘛！

生日的海鮮披薩

一個一個全新花樣的披薩，接踵從烤箱裡出來，叫人不停地驚豔，還是第一次呢。真是多麼好的生日晚餐。

我以前，就是年輕的時候，滿喜歡吃肉的。現在也還算喜歡吧，只是不能吃得像以前那麼多罷了。反之，這些年越來越喜歡吃海鮮。今年我的生日，老公說他可以在家做我最想吃的東西。他做的義大利風味料理都很不錯，想起很久都沒有吃他手工做的披薩，就點披薩了。然而，馬上又想到：如果主菜是披薩，也許要先吃冷盤吧。但是，先吃了有分量的米蘭香腸、生火腿等，恐怕我也會失去接下來吃披薩的胃口了。於是，匆匆告訴主廚道：不好意思，請從生日菜單上排除肉類，謝謝。

排除了肉類的披薩大餐會是什麼樣子呢？暫時連我自己都想不出來。只好拜託大廚發揮創意了。誰料到老公竟做出完全出乎我意料的一套海鮮披薩大餐！

我家的披薩餅，幾年前開始用麵包機和麵，正如我家做的中式包子、義大利式千層麵等。可見麵包機真的很好用，除了做麵包以外，還能做世界麵食呢。剛剛從紙袋倒出來的新鮮小麥粉，加鹽加糖加酵母菌以及牛奶、橄欖油，發起來後用十根指頭弄成圓形薄餅，上面擱了些材料烤起來，味道由衷好過餐廳的。

老公端出來的第一個是：最基本的番茄醬、起司、羅勒以外，還加上了鹽漬鯷魚（anchovy）的瑪格麗特披薩（Pizza Margherita）。紅、白、綠的三色恰巧跟義大利國旗一樣，據說，因而獲得了義大利王國第二代國王的妻子瑪格麗特王后的讚美。之後的一百多年，全世界仍然以王后的名字稱呼它，是當初誰也沒想到的吧。我充滿期待地咬一口，果然鹽漬鯷魚的鹹味很迷人，而且顯然有開胃作用，我對接下來的披薩更加期待了。

跟著出來的第二個，看起來很像第一個。可是在仔細觀察之下，我發現其實有幾項不同的地方。這次的綠色葉子不是羅勒而是芝麻菜（rocket）；這次的小魚也不是鹽漬鯷魚而是油漬小沙丁魚（sardines）了；另外還擱有一些新鮮洋菇片。在日本，芝麻菜最近幾年才開始普及，目前市場上已經流通著當地產又滿便宜的了。這種小青菜，最初由日本各地的義大利餐廳主廚向日本美食家介紹，味道有點特殊，卻討多數人喜歡。至於小沙丁魚，雖然個頭很小，但是比起油漬鯷魚就大得多了。再加上洋菇片的存在感，這一個在味道、口感兩方面都跟第一個大為不一樣。

沒料到，第三個則更加不同了。這回沒有番茄的紅色，反之是呈著白色。麵餅本身的顏色接近白，上面擱的馬蘇里拉（mozzarella）起司也靠近白。在那雙重白色上面，坐著好幾粒俗稱「大海牛奶」的牡蠣，而在那些牡蠣上面我看見了分量不少的蒜泥，最上層則由綠油油的新鮮羅勒葉畫龍點睛。我用手拿起一塊白色披薩來，就聞到蒜泥加橄欖油的香味。放進嘴裡嚐嚐我未曾吃過的牡蠣披薩，Mmmm，太好吃了，和冰涼的香檳酒可說為完美的一對。

名酒醉人，美食也醉人，我開始覺得很舒服了。喲，老公端來的第四個，是又紅又白的。仔細看看，在番茄醬和起司構成的沙發床上，半躲在綠色羅勒的被子下面，躺臥著的無非是外紅內白的：章魚！誰能想像連章魚都可做成披薩呢？把生章魚切小後，擱在烤得七八分的披薩上，再加熱一會兒，最後放下一把羅勒葉，太成功了！太棒了！

章魚簡直從小就在番茄醬裡戲水長大似的。於是我想通：披薩跟壽司有共同的性質，乃任何美味做成披薩，就跟做成壽司一樣，結果一定會非常好吃。這晚已吃了鯷魚、沙丁魚、牡蠣、章魚的披薩，不是好像壽司店的菜單嗎？

老公做的披薩向來很好吃。可是，像這晚一個一個全新花樣的披薩，接踵從烤箱裡出來，叫人不停地驚豔，還是第一次呢。真是多麼好的生日晚餐。

然而，真正叫我高興得跳起來的，其實是跟著上桌的第五個。白色的披薩餅上，塗滿著紅色珍珠般發亮的……鮭魚子！而且是由鮭魚刺身媽媽和綠色羅勒爸爸陪伴的。我告訴你吧，鮭魚子披薩的味道就跟鮭魚子軍艦卷壽司一樣好吃。也就是非常非常好吃。列入世界美味名單完全沒有問題，絕不會輸給其他國家來的美味佳餚。

我還以為，鮭魚母子披薩應該是披薩界的北極星。未料，今晚的美味遊行原來還沒有結束。挑戰北極星鮭魚母子的第六個，果然是從台灣高雄旗津島遠路而來的：烏魚子披薩！若不是我們跟台灣有緣分，否則不可能在東京郊區普通民房的冰箱裡，幾乎一年四季都藏有烏魚子吧。感謝美麗島台灣，感謝媽祖王爺，讓我們擁抱寶島台灣來的烏魚子。鮭魚子vs.烏魚子的一場賽，是無法判決勝負的。只能說兩樣都是世界第一的美味了。

古人都說世上沒有不散的筵席。我們的披薩筵也接近結尾了。最後登場的第七個，果然又回到披薩老鄉義大利的傳統樣式：乃四種起司混合而做的quattro fromage。遠從歐洲而來的各種起司們，這時攜手並肩一起出場，為我的第×十×歲生日合奏合唱。每一種起司單獨吃都很美味，綜合起來的味道則好奢侈，超級豪華。再說，老公還告訴我：吃完了這個披薩，還有鮮奶油蛋糕。我把這時的心情描寫為幸福，該不是誇張吧？

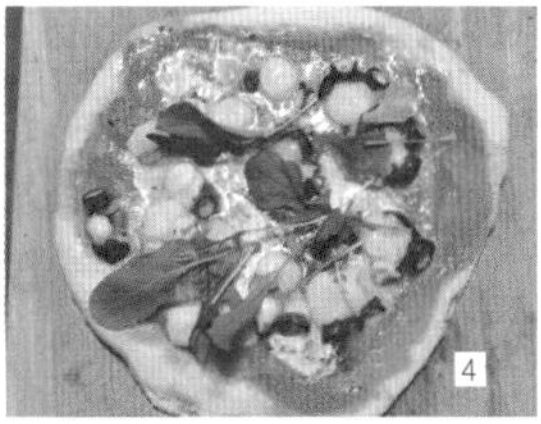

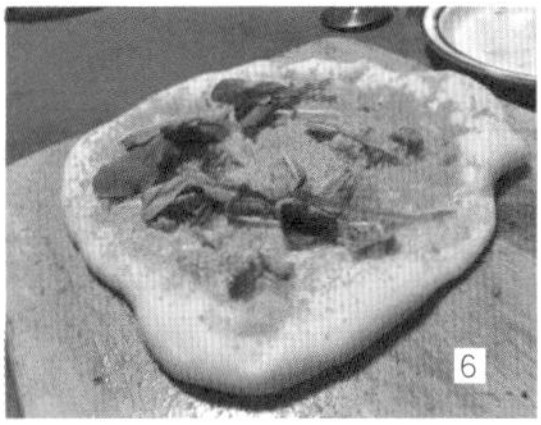

第一個：加上了鹽漬鯷魚的瑪格麗特。

第二個：這次的綠色葉子不是羅勒而是芝麻菜。

第三個：在那雙重白色上面，坐著好幾粒俗稱「大海牛奶」的牡蠣。

第四個：誰能想像連章魚都可做成披薩呢？

第五個：鮭魚子披薩的味道就是跟鮭魚子軍艦卷壽司一樣好吃。

第六個：從台灣高雄旗津島遠路而來的：烏魚子披薩！

第七個：義大利的傳統樣式：乃四種起司混合而做的 quattro fromage。

2

二月

立春／雨水

1 鹽漬的大白菜，感覺很像沙拉。

2 把肥肥的五花肉煮熟後切成片在砂鍋中燉煮的。它的香味來自五花肉，但也來自擺在底下的酸白菜。

日本人的吃法
——白菜鹽漬

當年廚房門外放著兩個大桶子，母親把每顆大白菜砍成八分之一，然後從底開始，扔一把鹽放一把白菜，再扔一把鹽再放一把白菜。

記得從前北京的冬天，蔬菜種類不多，只有大白菜很豐富。所以，當地居民入冬以後就購買大量白菜擺在門口邊，每天做成辣白菜、酸溜白菜、乾燒白菜、蠔油白菜絲等等來吃。

不知為什麼，我母親也喜歡買大量大白菜，叫八百屋（蔬菜店）老闆運過來。家裡的空間固然有限，於是把大白菜在大門邊堆置著。

我從中國留學回來住在娘家的時間裡，有中國朋友來我家作客，看到大門邊堆置的大白菜而問我：你們家不是日本人嗎？

我們家確實是日本人。但是冬天吃很

多大白菜的。

大白菜的吃法，主要是鹽漬。當年廚房門外放著兩個大桶子，母親把每顆大白菜砍成八分之一，然後從底開始，扔一把鹽放一把白菜，再扔一把鹽再放一把白菜。最後，最上面安置大塊石頭把整桶的大白菜壓住。要吃的時候，就是拿出一把大白菜，直接放在砧板上切成四、五公分即可。

印象中，當年冬天比現在冷很多。一直放在屋外的大白菜，切小盛在盤子上，放進嘴裡還冷冷的。鹽漬的大白菜感覺很像沙拉，是因為醃漬時間短，再說外頭氣溫低，所以發酵速度慢，也就是日本人所謂的「淺漬」（あさづけ）。

「淺漬」的反義詞是「古漬」（ふるづけ）。按道理，鹽漬大白菜的時間久了，就自然變成「古漬」了。可是，在我印象中，冬天的鹽漬跟夏天的糠漬不同，不容易變成「古漬」。還是冬天外面氣溫低所致吧。

相比之下，夏天的糠漬桶放在屋子裡，當年沒有冷氣，雖然比屋外涼快，氣溫還是相當高。結果，把黃瓜、茄子抹上鹽巴以後埋在「糠床」中，經過半天，醃漬程度已經剛剛好了。如果糠漬時間超過一天，從「糠床」挖出來的瓜果都會變成很酸很酸的「古漬」。

多年以後，我成為北京西四砂鍋居的粉絲。留學時自己年紀輕，當地朋友們也差不多，當年大家都沒有錢，想不到光顧什麼老字號的。十幾年後重訪而發現，古都固然有不少老字號，開銷也不一定比新開的時髦店高。此後每到北京一定要光顧的老店之一便是位於西四大街的砂鍋居。這一家的招牌菜是砂鍋白肉，把肥肥的五花肉煮熟後切成片在砂鍋中燉煮。它的香味來自五花肉，但也來自擺在底下的酸白菜。其他調味料用得很少。連吃時蘸的豆腐乳，我都覺得不必。

吃砂鍋菜，邊吃肉邊喝湯，如果湯要續的話，服務員會帶湯壺過來。這一點叫日本人覺得很奢侈，因為日本餐廳的服務員免費給你續的只有水和茶。大概隔幾年去了兩三次後，我才想通：其實底下的酸白菜起的作用也不小。而想一想，北京酸白菜的做法應該跟母親做的鹽漬白菜差不多，只是人家用的是日語所謂的「古漬」罷了。

再過些時候，有一年冬天，我在東京住家看著冰箱裡有吃不完的白菜，忽而來了靈感：把它醃漬一下吧。小家庭過日子，買的是小顆的白菜；把沒吃完的一半切成兩半後，跟鹽巴一起裝在塑膠袋裡。過兩天拿出來吃，「淺漬」的味道果然不錯。再過兩天，我則發現，其實塑膠袋裡積的水也滿香的。於是跟醃白菜一起放入鍋裡，煮出來的湯非常好喝。

有趣的是，吃鹽漬白菜的日本人從來沒想到：「淺漬」和「古漬」白菜竟然都可以加熱吃。這是因為日本人深信：醃漬蔬菜猶如沙拉一樣屬於冷盤，冷冷脆脆的口感也是味道的一部分。

台灣原住民桌布

午餐桌布在日本容易買到，可在顏色花樣方面，低調的占多數。我們家喜歡大紅的，於是我開始用過去在旅途上買的布料來縫製「獨家」的。

日本年度是四月開始，三月結束。學校則四月入學，三月畢業。就大學而言，一月底期末考試考完了，二月則舉行入學考試，三月各校陸續放榜，等四月新生進來。總之，從一月底到三月底之間，我等教員忙於各種行政業務，卻不必上課，偶爾會有空隙的時間。比如說，這個星期，連續兩天有半天的空閒。於是我想到可以縫出新的一組桌布來了。

我家用桌布，是剛結婚去義大利度蜜月，買一套灰綠色大桌布和餐巾回家開始的。日本商店賣的大桌布，歷來多的是塑膠做的，或者是表面塗氟以防水的。抗汙、防水的用起來省事，卻比起純麻、純棉的難免感覺粗糙。在佛羅倫斯（翡冷翠）超市購買的雖然是廉價的合成纖維製，但是摸起來很柔軟，再說放入洗衣機後拿出來，已經八成乾燥，也不必熨平。既好看又好用，叫我對義大利老百姓的生活品質之高有深刻的印象。

後來，每次去歐洲旅行，我都要逛賣家庭用品、廚具的商店了。巴黎瑪萊區的BHV百貨公司很出色。我在那兒買過一些東西。可還是念念不忘啟蒙之地佛羅倫斯。尤其對中央市場對面的五金商店情有獨鍾，後來還買了深紅色、黃色的大桌布。

那些大桌布主要是在家中請客時才拿出來用的。家庭成員一天三頓飯用的則是一人一條小桌布（place mat，餐墊）。不知是什麼原因，日本人稱之為午餐墊（luncheon mat），聽起來像英文，但實際上似乎是所謂「和製英語」之一。

午餐桌布在日本容易買到，可在顏色花樣方面，低調的占多數。我們家喜歡大紅的，於是我開始用過去在旅途上買的布料來縫製「獨家」的。旅途上買布料的習慣，本來屬於老公。他年輕時多次去過馬來西亞、印尼等地，購買大量的當地織染、蠟染料子，尤其畫有精靈、妖怪等花樣的，據他說是民間藝術品。我把那些料子拿出來，截斷成長方形，然後把四邊用縫紉機縫好。

這項家事，說難也不難，因為只是叫縫紉機在布料上直線走一周即可。但是，打從量料子開始，把布邊摺起來熨平，再把縫紉機在飯桌上設好後插電，往針眼裡穿通適當顏色的棉線，然後確認梭心中也有足夠的線等等，半天能縫出五條午餐桌布來就差不多了。因為我們家每天每頓飯都用小桌布，即使每兩天換洗一次，也起碼需要兩套才行。每天登場三次的小桌布，用足足一年也沒有問題。但用了兩年就會變舊了。這個星期，連續兩天有半天空檔，正適合做這一項家事。

想起當初，兩個小朋友一個接一個誕生，因為帶小孩子出門不容易，所以盡量留在家中做盡可能有創造性的活動。除了看書、寫稿以外，看食譜做各國菜也滿有意思的，尤其重現過去在旅途上吃過的地方風味，能帶來穿越時空的樂趣。然後呢，就是動用簡便縫紉機做針線活了。做午餐桌布外，曾有幾年，我都相當投入製作孩子們在廟會舞台上表演時穿的和服衣裳。並不都是從零做起，而經常是買來舊和服，調整大小或進行改造。儘管如此，做出來還是會夠好看的。

這一次，代替東馬婆羅洲蠟染布餐墊的是，一年半以前，我們赴台灣環島的路途上，在花蓮老酒廠翻身的文創園區對面，走進一家布料商店購買的台灣原住民布料。白底上用紅色粗線刺繡的幾何圖樣喜氣洋洋，很好看。當時在老闆的建議下，購買了能做一件衣服的分量，這天用大約一半就剪裁出十條小桌布的料子了。

我們前一次去台灣，在台北迪化街永樂市場買了一組客家花布做的靠墊套。這回加了花蓮來的原住民小桌布，整個餐客廳又多了點寶島台灣的氛圍，更何況鋼琴上還擺著從前在宜蘭冬山河傳統藝術中心買的布袋戲人偶。（他有三隻眼睛，是什麼角色？）晚飯開動之時，老公要播放我們這一代的偶像林強的台語歌曲。我在臉書上傳了台灣原住民桌布之後，有友人指出我們是台灣的粉絲。想了想，應該是吧，沒有錯。

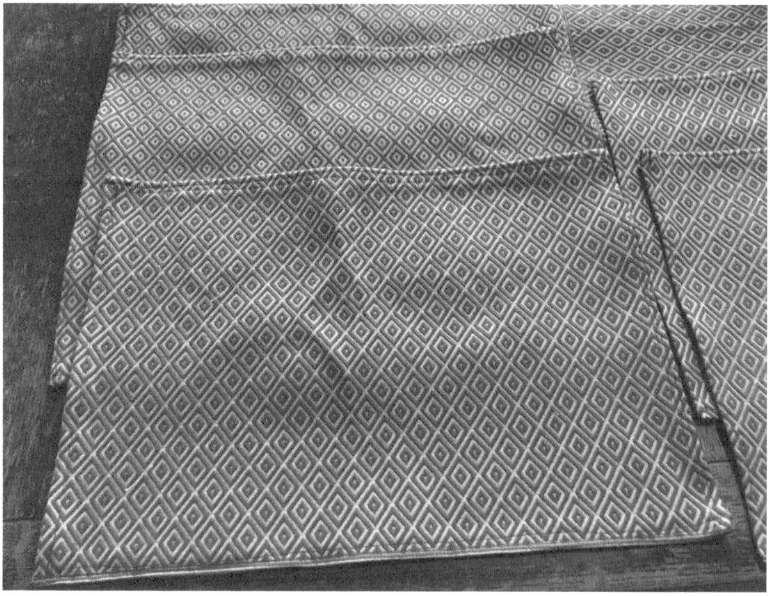

我們前一次去台灣，在台北迪化街永樂市場買了一組客家花布做的靠墊套。這回加了花蓮來的原住民小桌布，整個餐客廳又多了點寶島台灣的氛圍。

準備向冬天告別
——寒鰤

新鮮魚類的冷藏、運輸、流通有了長足進步，結果再也不必吃鹽醃魚，使得「新卷鮭」從日本人的飲食生活中逐漸消失。

冬天的東京魚店，擺出的刺身用魚種類不多。鮪魚是冷凍的，鮭魚是養殖的，中蝦是進口的，最近烏賊的收穫量也不多，從北海道來的干貝只有一些，幸虧還有寒鰤。

鰤魚有天然的和養殖的，幾乎一年四季都買得到。不過，冬天產卵之前釣上的天然鰤魚身上的脂肪最多，吃起來最甜美，因而日語特地稱它為「寒鰤」（かんぶり）。日語裡，「寒」字有浪漫的想像，如寒玉、寒梅等。寒鰤也給人乾淨、透明、高貴的感覺。

鰤魚個頭大，東京魚店賣刺身用鰤魚肉的時候，一般都把魚的左右半身再切成上下兩半賣。這樣子，一塊還會有四、五百公克。上半身是背部，肉是瘦的；下半身是腹部，肉是肥的。寒鰤的腹部肉肥到呈白色，跟深紅的背部肉可不同。

吃寒鰤，還是嚐肥肥的腹部好。到了冬天，日本很多食肆菜單上都看得見寒鰤刺身，點菜看看，出來的大概是小盤子上擺著五、六片而已。也罷了，寒鰤腹部肉很肥，吃五、六片會覺得差不多了。

回顧小時候，當時東京似乎很少吃鰤魚刺身。最早普及的是養殖的小型鰤魚（ハマチ，英文叫yellow tail）。後來，在市場上看到的鰤魚越來越大。吃法也可說五花八門。除了刺身以外，有照燒、鰤魚燉蘿蔔，最近也流行鰤魚涮涮鍋（ぶりしゃぶ），新鮮美味的魚怎樣料理都會很可口的。

關西出身的老公說，在他家鄉，鰤魚是年菜中不可缺席的角色。靠海的地區吃得到新鮮鰤魚；靠山的地區則有吃鹽醃鰤魚的習慣。要鹽醃整條鰤魚，先把內臟掏出來洗乾淨，然後裡外都抹上鹽巴，跟著風乾，總共需要四天時間。因為在西日本文化中，鰤魚有崇高的地位，一些地區仍保持著年末送親家一條鹽醃鰤魚的習慣。

於是我想起來，過去東京也有年末送整條鹽醃鮭魚的習慣。「新卷鮭」是當年常聽到的名詞。在商店裡也看到過銀色魚皮很威風的「新卷鮭」。我結婚後，有一年收到了娘家轉寄過來的「新卷鮭」，說是一個家庭吃一條就足夠了。如果吃不完，可以切小在冷凍庫裡保存。可是，切小的鹽鮭就失去「新卷鮭」的派頭，跟超市裡全年賣的沒兩樣。這些年，新鮮魚類的冷藏、運輸、流通有了長足進步，結果再也不必吃鹽醃魚，使得「新卷鮭」從日本人的飲食生活中逐漸消失。

相比之下，如今新鮮鰤魚全年都有賣，估計是魚商預備鮪魚缺貨所致。鮪魚的收穫量早已開始受國際機關的限制了。東京魚店有時真只有從冷凍庫拿出來的貨色。萬一徹底沒有了鮪魚，哪種魚能夠代替鮪魚的地位？肉質好，而且有天然、養殖兩條來路的鰤魚，果然在候補名單的最上面。

二月本來是一年裡最寒冷的時候。只有梅花含苞待放才對。然而，世界天氣都亂了序，今年二月東京竟有穿短袖衣服的日子。果然梅花早已盛開，輪到櫻花含苞待放了。走去魚店看看，已經有春天的味道螢烏賊登場。得趕緊再吃一次寒鰤，準備向冬天告別了。

甜蜜就等於好吃
——人見人愛的「晴見」

晴見兼具橘子和橙子的優勢：口感、味道、汁量像橙子，但能用手剝皮吃。果然人見人愛。

在日本，冬天水果的代表是橘子。從十一月開始，經過十二月到一月，前後吃了三個月。有小的、大的、靜岡縣產的、和歌山產的，有三日月蜜柑、有田蜜柑、青島蜜柑。

冬末二月，雖然還有賣一些橘子，但市場上已看得到多種橙子以及橘子和橙子交配的結果了。四國愛媛產的伊予柑、廣島縣因島產的八朔是我小時候已經有的；前者多汁甘甜，後者少汁而酸酸的，不過酸中有甜有苦的滋味，也滿討人喜歡的。

用英文稱「navel」（ネーブル）的一種橙子，我長大以後才得知，原來是「肚臍」的意思，中文就叫「臍橙」。這種橙子也產於瀨戶內海南北兩岸的愛媛縣、廣島縣，乃兩邊由陸地包圍的內海氣候溫暖所致。

我認識的一位中國籍女性學者，留學日本嫁給了日本同學；未料，婚後每年回瀨戶內婆家拜年，第一個任務便是跟先生雙雙爬山摘橘子、橙子。公公婆婆年紀不小，親自採收柑橘類太辛苦了；可是，當地人口在遞減，雇用幫手都不容易。同時，若不摘樹上的橘子、橙子，即等於任由猴子糟蹋了，寶貴的果樹園會轉眼之間就荒廢掉，只好由兩位博士挽起袖子來從事體力勞動。

柑橘的種類頗多，除了前面提的幾種以外，還有椪柑、桶柑、不知火、瀨戶香、春香、清見、春見等等，產地分布於靜岡縣以南，尤其在和歌山縣、瀨戶內海岸、四國、九州、奄美大島。

不同的種類有不同的形狀、味道。對日本消費者而言，關鍵在於：能不能用手剝皮吃。日本人吃水果的分量一年比一年少，根據民意調查的結果，多數人說：要拿刀削皮覺得太麻煩。所以，寧願買來不需用刀子切的香蕉、迷你番茄來吃。邊剝皮邊吃橘子還可以，但是吃橙子非得拿出水果刀不可的話，馬上就要敬而遠之了。

我家有早晨吃水果的習慣。準備早餐的過程中，順便切開蘋果、橙子，並不覺得費事。儘管如此，拿蘋果、橙子來跟香蕉、橘子等能用手剝皮吃的水果類比較的話，命運還是不一樣。香蕉、橘子可以放在果籃中，全家大小則可把它們跟糖果一樣當零食自便。結果，每看一次減少一些；一般來說，裝滿一個果籃的橘子，在兩天內就會消失掉。相比之下，蘋果、橙子幾乎從沒消失過；情形跟白菜、胡蘿蔔等蔬菜類一樣。

在如此這般的情況下，本來需要拿刀剝皮的果種，若改良後能用手剝皮，命運再次要變了。看看二月從靜岡縣來的晴見（はるみ）受歡迎的程度吧。它是清見和椪柑交配而得的新品種，而清見又是日本橘子和外國橙子交配的結果。總而言之，晴見兼具橘子和橙子的優勢：口感、味道、汁量像橙子，但能用手剝皮吃。果然人見人愛。

天然的水果有時甜有時酸。這些年，商家推出「糖度保證」的水果，買來吃了一定甜美。我們都說「跟糖果一樣甜」。原來在日語裡，「うまい」（好吃）和「あまい」（很甜）是同源的；甜蜜就等於好吃。儘管如此，有時我會想到「這不是自然的味道吧？」於是買來沒有「糖度保證」標籤，更接近自然的水果。結果，家人吃著不說話；我嚐了嚐也說不出讚美的話來。所以，下一次，還是改買「糖度保證」的。

我很矛盾，人很矛盾。看過賢人說的一句話：違背自然是人類自然的性質。二月在東京水果店擺的多種柑橘類似乎是最好的證明。

水的料理與火的料理
——菜之花

擺在飯桌上並不顯眼的青菜，也在不同的地方有不同的故事。

有位四川朋友，講起普通話，不能分辨「陳」和「程」。有一天，他叫我去市場買菜。

「你知道qing菜吧？」他說。

「你說青菜嗎？要哪種青菜？」

「我說的是qing菜，不是青菜，你不懂啊！」人家開始對我這個外國人有所不耐煩了。

「麻煩你幫我寫下可以嗎？……啊，原來你說的是芹菜，這我當然懂啊！」

當時，我們身在加拿大。去當地人開的超市，只有賣做沙拉吃的西芹，四川朋友要的芹菜則得去唐人街菜市場才買得到。中國人所說的芹菜，其實是西芹和日本芹菜之間的大小，沒錯，是一種青菜。

至於日本芹菜呢，名氣大到從古代起，東瀛人學六朝中國人在每年的元月七日熬粥吃的「春天七草」中列名。可是，現代日本人卻不大把它當青菜吃，一般都視為跟蔥花、山椒粉、蘿蔔泥、哇沙米、鴨兒芹等屬於一類的佐料。

我小時候的東京家庭，飯桌上出現的青菜種類似乎限於菠菜、小松菜、春菊。菠菜一般都水煮後擱柴魚醬油，也就是做成「阿浸」（おひたし、御浸物）吃。小松菜則最常出現在味噌湯裡。春菊（茼蒿）雖然是青菜，但可以油炸成天婦羅。它特殊的香味有人喜歡，也有人不喜歡。我自己從小不偏食，對春菊天婦羅、小松菜味噌湯都沒有意見。對於菠菜阿浸，更可以說情有獨鍾。菠菜跟小松菜、春菊不同之處在於紅色甜味的根。母親偶爾用人工牛油快炒菠菜，紅色甘甜的菠菜根更加芳香美味了。

我留學時候的北京，物流還不大發達，每個季節似乎只有幾種固定的蔬菜而已。夏天有黃瓜、西紅柿、茄子。冬天有白菜、大蔥、韭菜。有一次，街上忽然間到處都賣小茴香，大夥兒就乖乖地把小茴香買回家，包起餃子來吃。也就是說，有什麼，買什麼，吃什麼。

第二年轉學去廣州，當地食物之豐富簡直嚇了我一跳。廣州的蘿蔔比北京的大了幾倍；光是青菜就有好幾種：油菜、菜心、菜芛、芥藍、空心菜、生菜等等。

去當地朋友家看看廣東人怎麼樣料理青菜吃。果然跟日本人一樣，在翻滾的開水裡燙了一下，就拿出來，然後……然後，就跟日本人很不一樣了。他們不會把燙過的青菜放入冷水裡，再拿出來瀝水後擱柴魚醬油吃；而是把它直接盛在盤子上，上面擱點蠔油，接著在鍋子裡燒熱食用油，等冒起煙來，倒在青菜上，畫龍點睛。

多年後，我在一本書裡看到這麼一句話：日本菜是水的料理，中國菜是火的料理。日本因為水質優良，食品在流水下洗淨了就能吃出香味來，例如：鮮魚刺身、蕎麥冷麵、冷豆腐等等。青菜最簡單、普及的吃法「阿浸」之味道，至少有三分之一來自清水。

又過了幾年去台灣，發現菜單上寫的青菜名稱，都是很陌生的：地瓜葉、A菜、大陸妹不僅在東京，而且在北京、廣州都沒有聽說過。在原住民地區嚐到的山蘇，更有很特別的口感和味道。

諸如此類，擺在飯桌上並不顯眼的青菜，也在不同的地方有不同的故事。在二月的東京，吃了三、四個月菠菜、小松菜以後，終於吃得到初春的味道「菜之花」了。這種青菜跟人家的油菜、菜心、菜芽，甚至芥藍，應該屬於同種，乃從其種子榨出菜油來的植物。被稱為「菜之花」出現在菜市場，是剛開了黃色花兒的階段。綠色葉子帶著黃色花兒，看起來就充滿春天的感覺，做成「阿浸」嚐嚐，則能吃出春天時令蔬菜特有的苦澀味，跟幼嫩青菜的甜味合起來確實別有味道。菜之花是有季節性的蔬菜，跟一年四季都有的菠菜、小松菜不一樣，因而心中不由得產生非得珍惜它、慢慢品嚐不可的感覺。

姥姥的味道
——高麗菜捲

日本人做高麗菜捲吃，是明治維新以後學西方人的。

我有一次在網路上查過世界各地高麗菜捲的食譜。真沒想到歐亞大陸很多地方以及北中南美洲都有當地風味的高麗菜捲。瑞典、芬蘭、波蘭、德國、奧地利、匈牙利、捷克、阿爾巴尼亞、塞爾維亞、波士尼亞、保加利亞、羅馬尼亞、烏克蘭、拉脫維亞、愛沙尼亞、立陶宛、白俄羅斯、俄羅斯、希臘、義大利、以色列、伊朗、埃及、蘇丹、馬爾他、阿根廷、巴西、智利、墨西哥等等國家的高麗菜捲食譜，都能夠在網路上找到。

有高麗菜的地方幾乎都有高麗菜捲。不過，在歐美，以高麗菜捲聞名的國家有兩個：一個是波蘭，另一個是希臘。

波蘭的高麗菜捲，一般用碎牛肉、洋蔥末和大米來做餡兒。加大米的理由，估計是碎牛肉和洋蔥加熱以後都會變小，大米反之會吸收水分而膨脹，結果做好的高麗菜捲會胖嘟嘟的很好看，當然吃起來也飽肚子了。

高麗菜捲的餡兒，有牛肉餡、豬肉餡、還有以蘑菇為主的素餡。希臘等地中海國家的高麗菜捲，不用大米而放入大量新鮮香草如芫荽、大茴香等。再說，不同於中歐國家的高麗菜捲一般都在番茄醬湯裡燉煮或焗烤，希臘有以檸檬醬調味的食譜。不用番茄醬而用檸檬汁的結果，希臘的高麗菜捲呈現奶油色。

於是我忽然想到：日本人印象中的白色高麗菜捲，可不可能源自地中海地區？

看過日本電影《小偷家族》的人也許記得：當樹木希林飾演的奶奶去拜訪已故前夫的兒子時，有個女中學生正要出去上課。她邊穿上鞋子邊向母親說：「晚上要吃高麗菜捲，不是番茄醬的，而是白汁（ホワイトソース、white sauce）的。」

那場面表現出來的是一個中上階級的家庭：丈夫有份高薪工作，妻子是全職主婦，上私立中學的女兒看起來擁有雙親充分的愛而長大。（實際上，她姊姊離家出走有一段時間，從事著風化職業，跟樹木希林等沒血緣的一群人合住。）

高麗菜捲的材料並不昂貴，但是做起來頗費時間，該可以說是庶民階級的大餐吧。在中歐很多國家，過年過節或過生日時，全家人的聚餐要準備大量高麗菜捲。旅居北美的波蘭人講起高麗菜捲，則往往回憶過去說：那是「姥姥的味道」。老遠傳播到日本來以後，高麗菜捲的身價漲高了一層；因為是舶來食物，有文化的家庭主婦才會看著食譜做，何況要用上番茄醬、白汁等外國傳來的調味料。

日本人所說的白汁，是法文、英文的sauce béchamel（貝夏美醬），乃用奶油、麵粉、牛奶做出來的濃醬。日本人常用它來做焗烤通心粉（マカロニグラタン）、奶油可樂餅（クリームコロッケ）等。日本的高麗菜捲，有「紅色、白色、和風」的區別。紅色指番茄醬汁，和風則指關東煮那樣的柴魚醬油味，至於白色就指白汁了。電影中的女中學生想要母親為她做的不外是白汁高麗菜捲。

叫我想不通的是，在網路上瀏覽好多種歐洲風味高麗菜捲，幾乎清一色是紅色的。唯一的例外就是希臘風味。他們先把高麗菜捲在清水裡燜煮四十分鐘，然後混合蛋黃、玉米澱粉和新鮮檸檬汁，倒入鍋中而成。混合了蛋黃和檸檬汁，味道該像美乃滋了。在緯度低、氣溫高的地中海地區吃有檸檬香味的高麗菜捲，可能很合適。

日本人做高麗菜捲吃，是明治維新以後學西方人的。我小時候早早就聽過高麗菜捲（ロールキャベツ、roll cabbage）的名字，可是家裡飯桌上從來沒出現過，當年的關東煮也還不包含高麗菜捲。第一次吃到是上大學以後，地點是位於東京新宿東口紀伊國屋書店後面小巷，叫做「ACACIA」的西餐廳。

那是一家一九六三年開張的老字號，高麗菜捲是招牌菜。其實，正式的店名就叫「白汁高麗菜捲的餐廳ACACIA」。「ACACIA」是金合歡花的英文名，老一代日本人聽了就會聯想到曾經充滿西洋氛圍的殖民地：中國大連。他們也會進一步推想，這一家應該是戰後從大連回來的日本人開的俄羅斯餐廳吧，就像新宿西口有哈爾濱回來的人開的著名俄國餐館叫做「Sunggari」（松花江）。但是，「ACACIA」推出的白汁高麗菜捲，吃起來沒有奶油香味，所以不是貝夏美醬，反而有點像不大含香辛料卻明顯有麵粉味道的日式咖哩汁，也果然配著一碗白米飯吃。關於「ACACIA」，我查來查去都查不出可追溯到大連的歷史來，所以不能排除是日本人開的冒牌俄羅斯餐館。

儘管如此，「ACACIA」的高麗菜捲，似乎為我們提供日式白色高麗菜捲的來源。正宗的俄羅斯式高麗菜捲，上面是擱有白色酸奶油（sour cream）的。戰前在大連、哈

重複練習了幾次後，我終於對做高麗菜捲有信心了。

爾濱、上海等地吃過俄羅斯式高麗菜捲的日本人，後來回日本試圖復原一下是頗有可能的。然而，在日本很難買到酸奶油，即使買到了都不一定討日本顧客喜歡；久而久之，由白色貝夏美醬來代替酸奶油也不奇怪。曾經日本經濟高速成長的一九六〇、七〇年代，東瀛賢妻良母的一個挑戰是親手做出滑潤美味的貝夏美醬。那些日本太太們老老實實按照日本老師寫的食譜做菜下去，使得一部分日本家庭至今擁有吃白汁高麗菜捲的習慣了。

我真正開始吃高麗菜捲是在加拿大多倫多單獨生活的日子裡。在大學餐廳和街上烏克蘭麵包店附設的半自助餐廳裡，最受歡迎的菜餚之一便是高麗菜捲。在番茄醬湯中焗烤的高麗菜捲，吃起來味道很濃厚，不愧為多數人的「姥姥的味道」。

做高麗菜捲時，既可以在鐵鍋裡燜煮，也可以在烤箱裡焗烤。在鐵鍋裡燜煮的話，需要四十分鐘，在烤裡箱焗烤則需要七十五到九十分鐘。要焗烤的話，一定得用鋁箔紙把烤盤密封起來，使得熱蒸氣在內部環流。學生餐廳、麵包店附設的半自助餐廳，都為了事先做好大量高麗菜捲，採用焗烤的方式。結果不像燜煮的那樣柔軟，可一樣很入味，而且表面上有焗烤所致的微微焦痕，吃起來有類似鍋巴的獨特香味。高麗菜微微燒焦的香味，其實有點像上海式的獅子頭。大量白菜和大肉丸先油煎後在砂鍋裡燜煮而成的獅子頭，跟西方人做的高麗菜捲有共同點。

我現在做高麗菜捲，參考的是歐亞料理專家荻野恭子老師寫的菜譜。荻野老師說：喬治亞是俄羅斯式高麗菜捲的故鄉，而在當地，把油煎過的高麗菜捲在純番茄醬裡燜煮，跟其他地方的斯拉夫人愛用酸奶油有區別。比較一下荻野老師的書刊登的喬治亞式和俄羅斯式照片，顯然就是波蘭式和希臘式那樣：一個沉在番茄色的濃湯裡，另一個則有在清水裡煮熟的清淡模樣。

重複練習了幾次後，我終於對做高麗菜捲有信心了。習慣了以後，難度其實並不高，跟漢堡肉餅或獅子頭差不多。關鍵在於把整顆高麗菜放入開水裡燙一燙，使一層層葉子自己分開。另一個祕訣則是把包好的高麗菜捲一個一個地油煎到稍微燒焦的地步。然後再加入罐頭番茄和半杯葡萄酒，蓋上鍋蓋燜煮四十分鐘，就能嚐到正宗歐陸式高麗菜捲了。當然，要來勁就可以加一點白色的——酸奶油。

3

三月

驚蟄／春分

初春的味道
——鶯餅、櫻餅

鶯餅的季節過去了以後，跟著就來到櫻餅的季節。

春天快到了，東京的和菓子店櫃檯裡，就出現鶯餅和櫻餅。簡單而言，都是把紅豆沙用糯米包起來的甜點。只是，抹上了綠豆粉就成為鶯餅；把糯米染成粉紅色，用鹽醃的嫩櫻葉包起來，則成為櫻餅？

其實沒那麼簡單。

我從小非常喜歡鶯餅，覺得那軟糯的口感很迷人。原來，跟一般的麻糬把蒸好的糯米搗製而成不同，鶯餅用的是日文所謂的「求肥」，乃把糯米先磨碎成粉，然後加水加糖熬製的。「求肥」的做法比較接近中式年糕，吃起來比麻糬軟綿，而且放久了也不容易變硬。

鶯餅的樣子模仿著同名鳥類的外貌。所以，不是大福、溫泉饅頭般的圓形，而是呈著稍微細長的橢圓形。鶯的別名叫做告春鳥。聽到牠的聲音之前，先嚐嚐同名糕點，跟日本人偏愛「初物」即初上市的食品有關係。至於那草綠色的粉，則跟一般的黃豆粉不一樣，是把綠大豆磨碎的，因為產量少，價錢就比較貴了。

「求肥」兩個字，日語唸為「ぎゅうひ」（gyu-hi），亦寫成「牛皮」或「牛肥」。據說，早期用糙米和紅糖而製成，看樣子像牛皮，可是日本受佛教影響不准吃葷，於是用同音「求肥」來代替。也有傳說道：「求肥」在日本平安時代（公元九世紀）從唐代中國傳過來，原名為「牛脾」，乃祭祀儀式上用的（我至今未能考證）。

很有趣的是，最近從多倫多來東京玩的日裔朋友說，旅居加拿大，家裡卻盡量給孩子們吃老家日本的食品。女兒晚上覺得餓，就會問媽媽：「能做麻糬給我吃嗎？」做母親的則一口答應道：「好啊，十分鐘就可以。」原來，她的廚房常備著糯米粉，混合白糖又加水，在微波爐裡加熱幾分鐘，攪拌一次，再加熱幾分鐘，又攪拌一次，變成了透明狀就倒在澱粉上，捏成蝴蝶結即可吃了。在多倫多的夜晚，日裔媽媽親手做給女兒吃的消夜，其實就是「求肥」。

在我印象中，鶯餅是初春的味道。我小學一年級、二年級時的班導倉田照子老師，年僅四十歲左右就得大腸癌去世。當時我小學六年級，特別想念老師，有一天一個人坐電車去了位於東京郊區的多磨靈園，乃老師家墓碑的所在地。那墓園很大很大，跟我老家的墓碑位於佛教寺廟後院是規模完全不一樣的。我先到管理所問問老師家墓碑在陵園裡的位置，然後自己走了十幾分鐘，才終於抵達，為倉田老師掃墓上香。一個人走在陵園裡，心情特別緊張，再說來回走半個鐘頭路也足夠勞累人。從陵園門口到電車站之間，我看到有一家和菓子店。正逢初春，玻璃櫃子裡擺著鶯餅賣。當年日本家庭的教育是不准小孩子在外頭自行買東西吃的。可當時當地，我肚子實在太餓了，除非吃點東西攝取糖分，搞不好要昏倒都說不定。於是我破例自己掏腰包買了一個鶯餅，就當場站著吃掉了。那鶯餅的味道，好吃到夢裡的美食似的。後來的幾年，我每次去多磨靈園給倉田老師上香，回來的路上一定在那家和菓子店買一個鶯餅吃。也許是要保密的緣故吧，似乎加倍覺得好吃。直到今天，一聽到鶯餅，我就想起多磨靈園門前的那家和菓子店。

鶯餅的季節過去了以後，跟著就來到櫻餅的季節。

說到櫻餅，日本有兩種：一個是發源於東京向島的長命寺櫻餅，另一個是來自大阪的道明寺櫻餅。雖然兩者均用鹽醃櫻葉子包起來的，可是做法、口感、味道都不一樣。

用樹葉包起來的甜點，日本有兩種：一個是三月的櫻餅，另一個是五月的柏餅。櫻餅用的是鹽醃的櫻樹嫩葉子，能夠跟裡面的麻糬一起吃，也有人（包括我本人在內）喜歡剝掉葉子純吃裡面的豆沙餅。柏樹葉子倒很硬，主要為器物滅菌包裝的作用，從來沒聽過有人跟裡面的麻糬一起吃。

說到櫻餅，日本有兩種：一個是發源於東京向島的長命寺櫻餅，另一個是來自大阪的道明寺櫻餅。雖然兩者均用鹽醃櫻葉子包起來的，可是做法、口感、味道都不一樣。

東京向島位於舊稱大川的隅田川邊，就在淺草的對面東岸，現在更是晴空塔的腳下了。那裡有個佛教寺廟叫長命寺。江戶幕府統治下的一七一七年，當長命寺門衛的山本新六，看初夏的櫻葉子如同大雪般降下來，便想到收集洗淨後鹽醃保存。第二年春天，他用那葉子把豆沙餅包起來出售，果然大受前來淺草賞花的遊客歡迎。他開張的山本屋，至今三百多年一直專賣櫻餅。單買的價錢是兩百日圓一個，店裡內用則是三百日圓，附帶一杯綠茶。裝在杉木箱的，十個二千二百日圓。總的來說是相當平民化的糕點店。

東京小孩如我，從小吃長命寺櫻餅長大。跟鶯餅不同，櫻餅是麵餅夾紅豆沙的。被櫻葉擁抱的麵餅呈著櫻花般的粉紅色，顯然是用食用紅色素染上的。有趣的是，發祥地山本屋的櫻餅是素淨的白色，而且創始人的後代說：櫻葉是為了增添香味和不讓糕餅乾燥，所以吃時剝掉才對。

如今東京街頭也常看到大阪式的道明寺櫻餅了，可是當我第一次看到時，難免深受文化震撼，乃外表相像實際卻不同所致。大阪東南部的道明寺，據說是道明寺粉的發源地。那是把糯米浸在水中，蒸熟後曬乾，磨碎成粉的；舊時當軍糧，現在則用來做和菓子。

用道明寺粉做的櫻餅質感，看起來像春分、秋分吃的牡丹餅、萩餅，也就是介於糯米餅與麻糬之間。用鹽醃櫻葉包起來，能聞到櫻餅特有的香味，滿好吃的。而且重新加水復活過來的糯米，水汪汪的樣子和軟軟的口感都好吸引人。若要在長命寺和道明寺兩者之間選擇一個的話，我大概會選擇大阪道明寺，雖然我不想被扣上叛徒的帽子。

至於兩種櫻餅都冠著寺廟的名稱，一來從前的人出門，往往是進香兼賞花、看風景，二來寺廟門前常有為進香客服務的茶鋪所出售的甜點，當場吃就會成為回家後給家人講的話柄，帶回家卻是定受歡迎的土產禮物。

我家女兒長大以後，每年二月都自己把一個一個偶人細心地擺放在玻璃箱中適切的地方。然後，再買來一束桃花和逢「雛祭」要吃的點心，好好慶祝了。

日本家庭風景
——「雛祭」的飯桌

在日本，擺設「雛人形」玩的其實不僅是小朋友。此間的百貨公司推出適合成年女性為自己買的「雛人形」。

三月三日桃花節。日本人一般稱之為「雛祭」（ひなまつり），乃把模仿古代天皇婚禮的一套「雛人形」擺出來，祝賀女兒健康幸福地過一輩子的節日。

我家的「雛人形」有一套十五個偶人：天皇、皇后、三官女、五人樂隊、左大臣、右大臣。另外有「右近櫻」和「左近橘」兩棵樹。這是我出生的時候，姥姥贈送的。戰後不久的年代，日本的居住條件很不好，家家房子都小得可憐，於是廠家苦思惡想後代替傳統上要在七段紅毯台階上擺出來的大型「雛人形」，紛紛推出了全部都能裝於一個玻璃箱中，方便放在電視櫃上觀賞的迷你版本。即使是傳統玩意兒如「雛人形」，也會隨著時代而變化的。

儘管是迷你版本，姥姥為我選的江戶式木刻「雛人形」，一個一個做得非常精緻；我從小引以為榮，愛得要命。所以，事後三十多年，當女兒出生的時候，一點也不嫌它古老，反而喜歡有歷史有故事，請父母從娘家壁櫃裡找出來送上門。同時，也帶剛剛出生的小女孩去伊勢丹百貨公司，加買了新娘出嫁時要帶的道具、餐具等的迷你版本。雖然這些年不大宣傳了，可是「雛祭」的本意在於祈求小女孩將來婚姻美滿。

我家女兒長大以後，每年二月都自己把一個一個偶人細心地擺放在玻璃箱中適切的地方。然後，再買來一束桃花和每次「雛祭」要吃的點心，好好地慶祝。

「雛霰」（ひなあられ）是白色、粉紅色、綠色的爆米香混合糖衣黃豆的。記得從前的桃花節也曾出售同樣三個顏色重疊的「菱餅」，即三層菱形糯米糕。不過，近來好像不吃香，恐怕是賣相勝過味道所致。還有，我小時候的「雛祭」常見到一種叫「白酒」（しろざけ）的飲料，是蒸糯米加味醂做的甜酒。恐怕是對女孩子們的聚會不合適，再說大人喝起來嫌它甜膩的緣故，似乎已經絕滅了。

但這並不是說，如今的日本人不再重視「雛祭」食品。這天去逛魚店看看吧，一定會看到平時不常賣的文蛤成堆賣著。聽說這種貝類的殼兒形狀，一個一個都有些獨特，只有生來成對的兩枚才能合上來，因而成了貞節以及愛情專一的象徵。一年一次買來文蛤，用昆布和清酒、鹽熬成湯。吃完後的貝殼就成為小女孩們的玩具。過去的日本女孩在貝殼內側畫畫來玩了。

每年的「雛祭」，我都要做桃花節版本的「散壽司」。雖然不出壽司的規矩，乃在糖醋味米飯上面擱魚類吃，可是「雛祭」吃的「散壽司」，做法和味道都可說為關西風味。首先，把事先煮好的「穴子」（海鰻）、香菇、凍豆腐以及醋泡蓮藕等切成小片，混合在米飯中。然後擱在上面的材料，則在顏色和味道兩方面都要選擇感覺溫柔和藹的。比如說，白色鯛魚肉買來以後用鹽和昆布醃，或者從店家買來調味好的現成鮭魚子。有些人家也喜歡螃蟹，主要覺得顏色適合女孩子的節日吧。

吃著不蘸醬油的「散壽司」，慢慢喝文蛤清湯，味道確實很特別。何況也要往電視櫃上的「雛人形」放眼看看，年復一年都談到姥姥健在的時候，或者女兒剛剛出生時的回憶。

想來都覺得有點好笑：日本民族究竟從什麼時候起，就這麼喜歡玩偶人的？估計由禁止偶像崇拜的世界性宗教徒來看，肯定顯得很野蠻、很落後吧？日本現代的動漫公仔熱潮，似乎是基因裡的「玩偶愛」呈現出新一種形象罷了。

在日本，擺設「雛人形」玩的其實不僅是小朋友。此間的百貨公司推出適合成年女性為自己買的「雛人形」。我訪問鄰居時也發現，有六十幾歲、接近七旬的大姑娘，還把從小擁有的寶貝偶人一年一度擺出來，一點一點嚐著「雛霰」，跟自己心中的小女孩聊聊天。

往年的「雛祭」，節日一過就得匆匆收拾「雛人形」；據傳說，否則女兒將來要嫁得晚了。今天的日本人已不大談這一套。可是，好說歹說，桃花節過了，不久就得把菖蒲節（端午節）的「五月人形」擺出來。所以，還是沒有多少時間耽擱的。偶人來，偶人走，確實是日本家庭的一種風景了。

貝類的時令
——「青柳貝」=「馬鹿貝」

日本的外帶壽司店，偶爾推出「什錦貝類壽司」，因為有些人對貝類情有獨鍾，深受粉絲歡迎。

有朋友自遠方來日本玩，我一般都在家做壽司招待他們。壽司在外頭吃不便宜，可是從魚店買材料回來自己做，並不很貴。再說，邊握著壽司邊聊天也有點戲劇性、遊戲性吧。加上，家裡大小都滿欣賞陪客人吃壽司。

平時只為家裡四口子買魚的話，至多買兩三種而已。請客做起壽司來，倘若當天在魚店看到很多物美價廉的貨，就憑靈感買十多種都不難。何況春天是貝類的時令。

日本人最常吃的貝類是蛤仔，一般做味噌湯或用清酒蒸的多，也有弄成西式的奶油蛤仔、蛤仔義大利麵。小時候的回憶中，春季的一天全家去東京灣海灘，為的是「潮干狩」（しおひがり）即挖蛤仔。地點該在今天的東京迪士尼樂園附近吧。當潮水退下的時候，蹲在潮濕的沙灘上，把平時在公園沙池裡用的玩具小鏟拿出來，要從沙子中挖出一個又一個蛤仔來。有一年，我們挖出來的蛤仔多達裝滿幾個桶子；自己家吃不完，也送給隔壁鄰居了。

可惜呢，蛤仔是不能吃生的。能做成壽司生吃的貝類，有干貝、「赤貝」（魁蛤）和「青柳貝」（馬珂蛤）等。干貝是日餐、中餐、西餐中都常見的貝類。至於「赤貝」（魁蛤）和「青柳貝」（馬珂蛤），我小時候分不清楚，因為都有橙色的肉，只知道高級的是前者，後者較便宜，從它別名「馬鹿貝」就能知道。

「馬鹿」是日語傻瓜的意思。這種貝類為何被稱為「馬鹿貝」呢？坊間有三個說法。第一種說：東京東邊千葉縣，從前挖得到很多「青柳貝」，最有名的產地叫「馬珂」，而日語中「馬珂」和「馬鹿」諧音，因而叫做「馬鹿貝」。第二種說：「青柳貝」盛產的時候，挖掘收穫容易到不行，這「不行」翻成日語便是「馬鹿」，因而叫做「馬鹿貝」。第三種說：這種貝類經常把大斧足露出來，看起來像弱智者把舌頭露出來的樣子，所以叫做「馬鹿貝」。

我比較喜歡第二種說法，因為有時候逛魚店，真會看到一個盤子上分量很多而價錢很合理的「青柳貝」，實在便宜到「馬鹿」的地步。不過，我同時也覺得，正確答案大概是第三種；因為吃這種貝類主要吃的是那舌頭一般的斧足，大得跟全體大小不成比例。不過就是因為那斧足大，「青柳貝」給人很有吃頭的感覺。除了做成壽司以外，跟冬蔥段一起用加醋加芥末的味噌拌一拌也滿好吃的。

日本的外帶壽司店，偶爾推出「什錦貝類壽司」，因為有些人對貝類情有獨鍾，深受粉絲歡迎。除了干貝、赤貝、青柳貝以外，有時也會包括北寄貝、鳥貝等。但是，部分貝類如海松貝（象拔蚌）就跟鮪魚肥肉或海膽一樣高級，因而叫「馬鹿貝」顯得更加可愛。至於魚店常備的海螺類，經冷凍的占多數；不過，做成壽司後，跟普通魚類口感不同，還是滿不錯的。

「花見」的野餐

在戶外盛開的櫻樹下，喝紅酒吃牛排，雖然不是什麼高級品牌，但是覺得味道加倍地好。

有些傳統風俗隨著時間而逐漸消滅。有些卻越來越旺盛，例如台灣的媽祖巡禮、日本的「花見」即邊賞櫻花邊吃喝的習慣。

傳統上日本人吃野餐，似乎只有春天櫻花盛開的時候，猶如漢人在清明節掃墓時候吃寒食，或者幾乎同一時段裡踏青春遊。在近代以後的日本，小學的運動會也成了家長和地區居民在戶外看著孩子們跑呀跳呀吃便當的場合（就此太宰治《津輕》中有生動的記述）。到現代，年輕夥伴們抑或小家庭去公園、河邊燒烤或野餐的活動，雖然也普及到一定程度，可是，能稱得上國民性活動的，似乎還只有「花見」。

不必說，有滿街都是的櫻花盛開，才會有「花見」這樣的活動。再加上三月底和四月初是日本新舊年度切換的時候，所以在很多日本人的記憶裡，別離的背後就有櫻花。白色帶粉紅色的櫻花所表達的意念，不僅是美麗和溫柔，還夾著些別離的痛楚。

我家住在以公路兩邊的櫻花聞名的東京郊區國立大學通附近。每年這個時候，很多人特地過來散散步，拍照片，在路邊長凳上坐下來吃串糰子或便當。剛結婚搬過來的時候，我們也曾約朋友們一起在大學通的櫻樹下攤開席子吃喝喝過。後來，有一次被路人批評說我們那樣做是傷害櫻樹根的，頗覺沒趣。之後改去稍遠的小溪邊能生火吃燒烤的地方了。

吃野餐時，倘若除了寒食以外，還能準備點熱的暖的可以吃，算是高級一點了吧。再說，大家也應該會同意吃燒烤最好在水邊。儘管如此，在日本並不是哪裡的水邊都可以生火做燒烤的；主要是住宅區不宜影響附近居民閒靜乾淨的生活。所以，東京兩大河流之一，多摩川邊不少地方已經注明禁止生火燒烤了。幸虧我們找到了流入多摩川的一條小溪，恰好一邊是球場，另一邊是公共設施，野餐時不會影響到居民的私人生活。

再說，溪流兩邊是土堤，櫻樹種在其上邊。我們在堤上的櫻樹和谷底的小溪之間找個平坦的位置席地而坐，不會傷害櫻樹根。這樣子，良心上以及在別人眼中都比較說得過去了。

至於燒烤的方式和內容呢，我們在過去的十幾年，不停地嘗試而改善過來。最初，老公要帶木炭和陶器爐子去，等木炭紅透了，則烤雞肉串嚐嚐。氣氛是滿好的，然而當場要給木炭著火，有時頗費時間。當時年紀還小的孩子們，等不及肚子餓，開始先吃起別的什麼。可那麼一來，負責燒烤的老公心也急起來，大家逐漸說話都少了。最後敗興而歸，真不知當初究竟為何而去。

後來，我們都想開了。帶孩子們去「花見」燒烤，不用木炭，從家裡帶平時放在飯桌上用來烤肉的岩谷牌小型瓦斯爐去。至於燒烤的內容，也最好華麗一點吧。具體而言，不做日式串燒或韓式烤肉而吃西式牛排。調味用的是義大利式的椒鹽大蒜橄欖油。主食則帶法國麵包去。飲料就要紅酒和飯後喝的咖啡。另外準備當冷盤的起司和甜點巧克力，可以說是相當完美的一餐了。

我家四口子一年一次去「花見」，老公負責採購和一切準備。東西都齊了，大家騎自行車出發，大約二十分鐘後便抵達我們祕密的小溪了。雖然離溪水走路五分鐘的地方就有汽車奔馳的大馬路，可是甚少有人知道走下去一點點就有這麼適合「花見」燒烤的地方。在戶外盛開的櫻樹下，喝紅酒吃牛排，雖然不是什麼高級品牌，但是覺得味道加倍地好。怪不得近來不大願意跟父母一起活動的大孩子們，也會盡量配合時間來參加一年難得一次的「花見」。

有趣的是，看看臉書才發現這幾年的「花見」，我們似乎都在三月二十九日舉行。大自然的魔術叫滿街都是的櫻樹，竟在同一天一下子盛開花朵來，真了不起喲。

趁機吃，盡量吃
——竹筴魚塔塔爾

在我印象中，這是從春末到初夏天氣好的日子裡，打開窗戶被風吹著吃的味道。怎麼現在在三月底就吃了？

很多魚名在日文裡和中文裡都用相同的漢字，例如鮭魚、鮪魚、鯖魚、鰹魚、鯛魚等。為什麼偏偏這種魚，日文裡是「鰺」、中文裡倒是「竹筴魚」呢？

但是說到「竹筴魚」，料理過這種魚的人，大概都明白是何來的名字。因為魚身兩邊的皮上有硬硬的大鱗片，的確像是竹子片貼住了不好剝下的樣子。

在日本，「竹筴魚」的季節原來是從四月到七月。可是，近年來的地球暖化，叫牠們早一點到日本海域來了。三月倒數第二天，在魚店看到了一籃四隻賣七百九十日圓的「竹筴魚」，我就忍不住買一籃回家要做「鰺のたたき」（竹筴魚塔塔爾）。

本來應該可以做成刺身吃的新鮮魚兒，魚店紙牌上寫的推薦菜式中有火烤也有油炸，但偏偏沒有「刺身」兩個字。原因無他，這種魚兒的肉偶爾含著白色細長寄生蟲，如果不小心吃掉了，要吐要拉非得給折磨一整晚不可了。所以，對愛吃生魚卻害怕寄生蟲的膽小吃貨如我來說，做成「たたき」（塔塔爾）是退而求其次的方案。

小時候，母親做的菜餚中，這算是我最喜歡的一種。先把生魚肉切成絲，然後轉個九十度，再切成顆粒狀，然後放入青蔥花和薑泥或者蘘荷末，用刀背打幾次，呈塔塔爾牛排一般的狀態，就可以享用了。這麼做的理由，不外是要讓凶惡的寄生蟲徹底死滅。可是，古人都說人間萬事塞翁馬，這麼做了以後，本來就味道爽快的新鮮鰺魚肉再增添了蔥薑蘘荷等的刺激，可說變成另一種料理了。在我印象中，這是從春末到初夏天氣好的日子裡，打開窗戶被風吹著吃的味道。怎麼現在在三月底就吃了？

日本魚店賣的魚類，一年四季加起來，遠遠不止一百種了吧。可是，要弄成這樣子吃的，就只有「竹筴魚」一種而已。料理名中的「たたき」，用日文寫成「叩」即「打下」的意思。也在春天上市的鰹魚，在四國高知縣要料理成同名的「たたき」，可那是讓外邊燒焦後馬上放進冰水裡，切成厚片刺身吃的，跟「竹筴魚塔塔爾」是兩碼事。

最近媒體上常說，吃青魚對身體和腦子都好。我從小就最喜歡吃「竹筴魚」、沙丁魚、鯖魚、秋刀魚等青魚類。今天做好「竹筴魚塔塔爾」吃，有魚肉包含的什麼營養素（EPA？DHA？）直接衝擊大腦一般的爽快感。再說，既下飯又下酒，吃得舒服極了。這麼好吃的東西，四人份才賣七百九十日圓，一人份竟然不到兩百圓；不吃就對不起老天爺似的。於是趁機吃，盡量吃。

勝利的聲音
——沙丁魚吉列

對小孩、年輕人來説，炸物似乎有特殊的吸引力。

日文中，油炸食品大體上有「天ぷら」（天婦羅）和「フライ」（fry）之別。（其實，還有一種「唐揚」，改天再談！）前者跳入熱油之前，抹上的只是麵粉水，最多再加點生雞蛋而已，後者則一定要抹上麵包渣了。雖然麵包渣也用在西式烹調中，但好像只有日本人又將其細分成「生麵包渣」和「乾麵包渣」。「生」的麵包渣跟剛剛出爐的吐司一樣軟綿綿，「乾」的則像米果渣一般脆。凡事喜歡軟綿綿（ふわふわ）的日本人，把「生麵包渣」抹上魚呀、肉呀、蔬菜呀以後放進熱油中，出來的時候薄薄的外殼變得「脆脆」（さくさく）的，但不至於硬得要刺傷嘴裡的地步。

在日本人的腦海中，「天婦羅」是日本菜，「fry」則是西方菜。「天婦羅」的材料有蝦、香魚、各種蔬菜，吃的時候要蘸以醬油和味醂為主的「天汁」。「fry」的材料則是豬肉、雞肉、漢堡、牡蠣、蝦、干貝等，吃的時候就要蘸早期舶來的「伍斯特沙司」（辣醬油），有時也會用上檸檬汁、塔塔爾醬和洋芥末。

昨天在魚店買竹筴魚的時候，我也看到了旁邊有沙丁魚一籃八條賣四百九十日圓的。雖然魚身比較小，但是還勉強能做上四人份的晚餐，尤其裹上麵包渣後油炸的話，吃頭則會更大了。去一次魚店買到兩頓分量的魚肉，第一晚吃「和食」，第二晚吃「洋食」，不亦樂乎！

吃「fry」的時候，我的習慣是做高麗菜沙拉當配菜。這種沙拉德國人、俄國人都吃，維基百科說是源自荷蘭的。總之，把切成絲狀的高麗菜、胡蘿蔔、洋蔥混合後，用醋、油、鹽、糖、胡椒調味。吃炸物怕油味重，可是吃了高麗菜沙拉就能調和過來。另外再煮一鍋西味飯，乃用橄欖油把生米和洋蔥末炒幾下後，倒入雞湯煮成的米飯。全部三樣飯菜都能盛在一碟盤子上登場，比起一個人就需要用好幾個碗盤的「和食」，飯後洗碗的任務少很多呢。

對了，吃「fry」可沾「伍斯特沙司」、檸檬汁、芥末以外，準備自家製的塔塔爾醬就是畫龍點睛了。這種醬一般以美乃滋為主，再加上煮雞蛋碎、醋泡黃瓜碎、洋蔥末即可。近來我常常以除去了部分水分的優格來代替美乃滋，因為如此做油分和熱量都會低一點，結果可以不怕發胖而盡情吃塔塔爾醬了。

對小孩、年輕人來說，炸物似乎有特殊的吸引力。用LINE通知一下我家老大老二，今晚的菜餚是沙丁魚「fry」，他們都會準時回來在家吃晚餐。大孩子的母親懂得盡量少說話以免惹麻煩，可是在心裡呢，一個人哈哈大笑！那當然是勝利的笑聲了。

4

四月

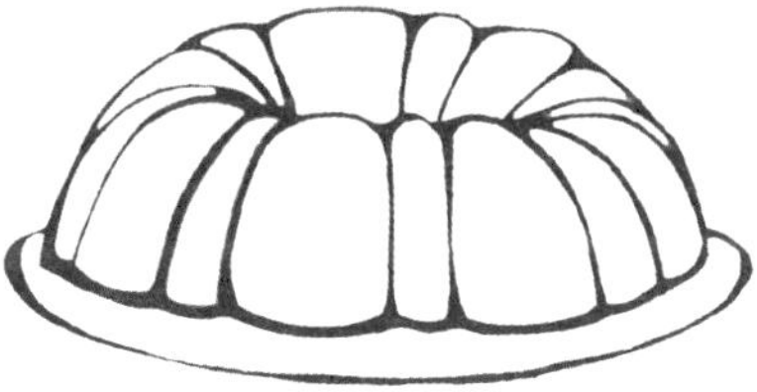

清明／穀雨

「三寒四溫」的炸鱈魚

一般的孩子都會嫌鱈魚骨頭多，我卻是天生的老饕，從小懂得欣賞鱈魚皮的質感和味道。

日本的春天氣溫變化很大，也就是氣象預報常說的「三寒四溫」。有三天冷颼颼以後，接著會有四天暖和和。再加上地球暖化，時令食物也真有點亂了套。否則，怎麼吃過了竹筴魚以後，在飯桌上又出現鱈魚？

在世界很多地方，乾鱈魚壓倒生鱈魚。鹽醃後風乾的鱈魚，泡水復原再料理，費事得很。可那是沒有冰箱的時代裡長期保存魚類的方法。日本是島國，四圍都是海。除了山區以外，吃生魚很方便。所以，日本人吃鱈魚基本上是吃新鮮的。只是從北方較遠處運過來的鱈魚，沒聽過有人生吃。

東瀛最普遍的鱈魚吃法是冬天做成火鍋。因為鱈魚本身的味道淡，顏色也淺，所以做火鍋也以幾乎透明的昆布汁為湯底，跟豆腐塊、大蔥段、白菜段等白色的食材一起煮，撈起來吃的時候才蘸「椪醋」（ぽんず），即柑橘類的汁跟昆布醬油混合的調味料。

日文把那種火鍋叫做「鱈散」（たらちり），乃小時候在我家算是冬天的豪華菜餚。父親邊喝點啤酒邊吃的晚餐，冬季裡每週幾次都是只含豆腐和蔬菜的火鍋：湯豆腐。母親額外放入了一些鱈魚塊，使它變成「鱈散」，父親會很高興。家裡的五個小孩中，只有我一個從小愛搶父親吃的東西。再說，一般的孩子都會嫌鱈魚骨頭多，我卻是天生的老饕，從小懂得欣賞鱈魚皮的質感和味道。

至於鱈魚肉，不知是什麼原因，魚店偶爾也推出去了骨頭也去了皮，為西式料理處理好的魚肉。在推薦菜式的牌子上，店家寫著：奶油煎、油炸等。每次遇到它，我就要買回去做英國式的炸魚薯條。這種菜我在倫敦吃過。可是，在英國殖民地時的香港吃的次數最多。在回歸中國以前的香港有炸魚薯條的專門店，也有賣三明治的櫃檯兼售炸魚薯條的。看過王家衛《重慶森林》的人也許有印象：光臨蘭桂坊「深夜快車」三明治店的警察，一個是金城武，另一個是梁朝偉，他們向櫃檯裡的王菲要的快餐中，就有炸魚薯條。

英國式的炸魚是把大塊魚肉整個油炸的。在日本家庭吃，我會把魚切成小塊，以便用叉子叉住了蘸塔塔爾醬一口吃掉。烹調過程中，不同於日式天婦羅，用啤酒或牛奶而不用清水來攪拌麵粉，然後再加點發酵粉。炸好後的外皮口感會硬，可是跟軟嫩的鱈魚肉呈對比，吃起來也滿有意思的。例如「鱈散」中，水煮的鱈魚肉會變柴，可是油炸起來卻變得嫩。這一點使它成為炸魚薯條的首選材料。我也試過炸鮭魚，可是效果沒有炸鱈魚好。

冬天快要過去的時候，發現了魚店有去骨去皮的鱈魚肉。不像日式天婦羅要準備魚蝦蔬菜等好幾種材料，這種菜式只需要兩種東西：鱈魚肉和馬鈴薯。即使自製塔塔爾醬，還算得上是一頓便餐；不妨炸得多一點吧。成堆的炸物，大人也許害怕，但是小孩子和年輕人卻永遠歡迎。看他們大口大口吃也是大人的樂趣呢。

春天的豆子

春天的豆子，甜味裡含著一點苦澀和異味，有點像野菜，味道既細膩又野性。

日本的春天是豆子的季節。有豌豆、蠶豆、蜜豆、四季豆等等。其中，豌豆和蠶豆都很少在市場看到。所以，看到了就一定要買。要是豌豆，則當晚就要煮豌豆飯了。只是把豌豆放入電鍋裡，跟大米一起煮罷了，至多加點鹽和清酒以及一片昆布。簡簡單單，可是這樣煮好的飯會散發出豌豆的香味來。對我來說，那就是春天的香味，一年非得吃一次不可。

我對豌豆飯有神祕的記憶。小時候，大概我三、四歲的時候吧。有一次，母親帶我去某個人家住了一夜。我不記得那個人是誰，只記得是一個男人。他跟年老的母親住在一棟有院子的日式木造平房。晚上，老太太請我們吃的豌豆飯非常好吃，至今仍印象深刻。大概那晚是我平生第一次嚐到豌豆飯。豌豆飯雖然不是什麼高級食物，可當時我們家住在很多人整天都忙來忙去的壽司店裡，一天三頓飯勢必吃得簡單。何況母親是老闆娘的小媳婦，當然吃不上豌豆飯那樣做起來費心思的美味。我也記得離開那個神祕的男人家以後，母親牽我的手，回到東中野電車站附近的「朝日鮨」去。離車站到壽司店，走路才三分鐘而已，平時一下子就到。那天卻不一樣。我們從剪票口所在的二樓走下來，到馬路上了，但母親一時似乎猶豫似的站住，從一百米遠的地方望著「朝日鮨」的牌子。我問了母親「怎麼了？」可她不回答。我一直搞不清楚究竟發生了什麼，卻長期在腦海裡留下豌豆飯的香味和唯一一次佇立著望自己家的鏡頭。

春天的豆子，甜味裡含著一點苦澀和異味，有點像野菜，味道既細膩又野性。我對豆子的愛，大概是從父親遺傳下來的。他年復一年，夏季每天晚上都喝著啤酒吃毛豆，冬天則天天吃花生米。春天，他大概也吃了一兩次蠶豆吧。那特殊的味道，我哥哥弟妹都不喜歡。只有我一個人喜歡得要命。最早該是跟父親要一粒吃的。

中文的四季豆，日文叫做「隱元豆」。隱元是明末清初從中國福建省福清來日本定居的和尚之名字。據說，他不僅把禪宗傳到日本來，而且把原產於南美洲的豆子介紹給日本人。記得小時候，我們也曾稱之為「泥鰍隱元」，因為這種豆子的形狀有點像泥鰍。奇怪的是，並沒有叫它為「泥鰍豆」而叫它為「泥鰍隱元」，好比中國來的和尚長得像泥鰍似的！

正如中文叫做四季豆，它是一年四季都會有的，可還是到了豆子的季節春天，在菜市場能看到物美價廉胖嘟嘟的「隱元豆」。小時候的飯桌上，那是常見的食材。母親會把它放進味噌湯裡，也會抹上麵糊炸成天婦羅，有時候也清煮後跟美乃滋沙拉醬一起吃。

我自己長大以後喜歡上了中餐裡常見的肉末四季豆。除了豬肉末以外，還放入榨菜末和蝦米調味，那是日本菜中嚐不到的異國味道。所以，學會了以後頗有成就感。現在我家人也個個都愛吃了。

螢烏賊搬家

東京人吃螢烏賊，一般在開水裡燙過，用筷子挾起來蘸「醋味噌」吃。

螢烏賊的名字，來自牠在夜裡海中跟螢火蟲一樣發光的生態。據說是為了吸引異性，光聽起來就覺得好美。在日本海邊的富山灣，每年的產期從二月到五月，夜裡有觀光船帶遊客出發，要在海上鑑賞那神祕的景色。

日本傳統的短型詩歌俳句裡，螢烏賊是晚春的「季語」之一。我曾在海外漂泊的日子裡，有一年春天回家鄉日本，吃到了新鮮的螢烏賊以後，再也不想走了。正如住在海外的台灣人始終懷念滷肉飯，香港人則想念叉燒飯一樣，日本人老想著生魚片。有些魚類如鮭魚、章魚，如今在海外超市都能買到了。可是，螢烏賊這種只生息於日本附近海域的魚類，在國外能吃到的機會少之又少，因而特別會喚起浪子的鄉愁來。

在日本，富山灣的螢烏賊跟駿河灣的櫻花蝦一樣，被視為屬於特定地區的產物。所以同樣是螢烏賊，在相隔幾百公里的兵庫縣捕到的就說不上是特級的，結果價錢便宜好幾成。物美價廉不是很好嗎？這就很難說了。因為說到天然食物，產地是牌子，名產地來的就是名牌，正如大間的鮪魚以天價賣出去。

不過，在魚店比較看看富山縣產和兵庫縣產的螢烏賊，都是四、五公分長的小卷模樣，看樣子是一樣的。又不是請稀客，而是自己人吃的家常便飯，買便宜的沒有什麼不適當吧？只是回到家，端上飯桌去，家人問道：「是富山灣的嗎？」負責採購的主婦卻回答說：「好像螢烏賊最近集體搬到兵庫縣去了。」

東京人吃螢烏賊，一般在開水裡燙過，用筷子挾起來蘸「醋味噌」吃。「醋味噌」是味噌、砂糖、白醋、芥末混合而成的，若需要亦可加點水。偶爾有人出差、旅遊去富山縣，在產地買「沖漬」送過來，那真是海珍了：把活生生的螢烏賊用鹽醃到稍微發酵，特別下酒。另外，有些關東煮專門店，也會把穿了竹籤的螢烏賊放在方形鍋裡跟其他材料一起煮；既可愛又好吃再加上很特別，果然討眾人喜歡。

懂得享受筍的味道
——竹之子

在日本，吃筍一定要由「木芽」即花椒樹嫩葉陪伴，吃筍飯時撒上幾片。

日文裡「筍」字唸成「竹之子」（たけのこ）。都說京都的筍在全日本最好吃，可是我住在東京，京都在四百公里之外呢。即使買當天早上從京都的土地裡挖出來的貨，到了東京的時候肯定過了好幾個鐘頭，該已經開始變硬了吧。畢竟「筍」是「竹之子」，隨著時間就要變成竹子的。

日本人認為，吃筍的話，最重要是趁新鮮。小時候，有一次跟小阿姨和她朋友們一起去過千葉縣大原地區山中的竹林。沒想到挖筍根本不像在溫室裡摘草莓吃那麼輕鬆愉快，反之需要很大的力氣。手抓著鐵鍬使勁，不久在額頭上流出汗水來，簡直跟土木工程一樣。幾個大人花幾十分鐘好不容易挖出來的筍，當場要切成刺身生吃。「筍的刺身？」當時我年紀小，還以為說刺身一定是指生魚。所以，當在竹林正中間，把切成片的生筍蘸著醬油吃時，滿腦子不以為然。

懂得享受筍的味道是什麼時候？記得二十出頭時，第一次去台北，吃上了冬筍，是弄成冷盤的。那味道、口感，真特別。

我開始每年買當地產的筍煮來吃，是結婚在東京郊區定居以後的事情。把買來的筍放在鍋裡，加一把米糠和一根辣椒煮上一個鐘頭。日本人相信，米糠和辣椒會除去筍的苦澀味。然後，把煮好的筍留在鍋中等待自然冷卻。準備晚餐時，把根部較硬的地方切成小片煮成筍飯；靠近尖端較嫩的地方則拿「木芽味噌」（山椒豆醬）拌一拌。在日本，吃筍一定要由「木芽」即花椒樹嫩葉陪伴，吃筍飯時撒上幾片。若做「木芽拌」的話，就得拿一把嫩葉子磨碎後，加味噌、芝麻、白糖、清酒好好攪拌。用的是台灣的客家餐廳用來做擂茶那樣的擂鉢。呈綠色的醬充滿著「木芽」的刺激味和香氣，好迷人的。這麼一來，吃筍簡直是吃「木芽味噌」的藉口一樣。

有一年，好幾個朋友不約而同地送來竹筍。都是已煮好放在水中的。煮好的筍不會變硬，但容易壞掉，所以得趕緊吃。我按照日本的規矩，先煮筍飯，然後做「木芽拌」，但是還剩下很多。於是想起在台灣客家餐廳裡吃過的炒筍片來。其實，那跟日本拉麵上常常出現的「筍乾」差不多。我心裡想：如果吃不完的話，就冷凍保存也應該可以吧？未料，用芝麻油和辣椒、醬油炒好的筍片特別受全家大小的歡迎，簡直一下子就給吃光了。

今天又烤了香蕉蛋糕

烤著香蕉蛋糕，自己也想起很多很多年前的痛楚來。

這些天，我常常烤香蕉蛋糕，為的是鼓勵需要被鼓勵的孩子。青春期誰沒有遇到過問題？做媽媽的想要鼓勵正處於青春期的孩子。前些時，聽到了她說想吃香蕉蛋糕。起因好像是宇多田光，她在推特上寫：一邊為小孩烤香蕉蛋糕，一邊寫起曲子來，一時太投入了，忽而聞到香蕉蛋糕燒焦的異味，糟糕！

名歌手覺得糟糕，情況確實有點糟糕。可是由旁人聽來，還是足夠教人羨慕的生活片段。既有才華又有家庭的女性，日常生活中跟常人一樣不完美，會犯小錯誤，發生小失敗。青春期的孩子既要吃甜的，又羨慕有才華有家庭的明星。我至少能給她烤香蕉蛋糕。那麼就烤吧。吃完了再烤吧。

烤香蕉蛋糕一點也不難。就把熟透的香蕉用叉子壓碎成泥狀，然後跟麵粉、白糖、奶油、牛奶、雞蛋、發酵粉、蘇打粉、香草精一起攪拌起來，灌入模子裡，以攝氏一百八十度烤上五十分鐘。等待冷卻後，切成八塊。這樣子每一塊會夠大，能攝取的糖分也夠多。

蛋糕有很多種。光光用家裡常備的材料，亦可做蘋果蛋糕、胡蘿蔔蛋糕等等。可是，小朋友喜歡香蕉的名稱、形狀、味道、香味。大了一點的孩子會憑它想起更小的時候來。正在逐漸長大，慢慢離開孩提時代，所以更加想念小時候，以及代表小時候的香蕉。做媽媽的很久很久以前也曾是個小朋友，然後也是個青春期的孩子。替她烤著香蕉蛋糕，自己也想起很多很多年前的痛楚來。

所以，今天又烤了香蕉蛋糕。有青春期的孩子吃香蕉蛋糕多好。青春期的孩子說：將來要過烤香蕉蛋糕的日子。可以啊，妳烤吧。

就把熟透的香蕉用叉子壓碎成泥狀，然後跟麵粉、白糖、奶油、牛奶、雞蛋、發酵粉、蘇打粉、香草精攪拌起來，灌入模子裡，以攝氏一百八十度烤上五十分鐘。

這麼大的便當盒裡

過去二十年，我每年春天把當地土產「蕗」買回家，做好的兩種菜，都分給了老公和自己兩個人，從來沒想到讓孩子們也吃。

春天的蔬菜、野菜，很多都有苦澀味。除了竹筍，「蕗」也是其中之一。

日語的「蕗」（ふき），日中字典說是「蜂斗菜」或「款冬」，可是在網路上看「蜂斗菜」和「款冬」的照片，又不大像日本的「蕗」。日本的「蕗」有長達一公尺，直徑約一公分的花莖和大大的葉子。那葉子大到北海道愛努人的傳說中，有種小矮人叫克魯波克魯就住在那葉子下。

四月某一個星期六早上，我在家附近的火車站廣場一角落，看到屬於非營利組織的幾個中年人，擺攤賣當地農家種植的一些蔬菜，其中就有「蕗」。賣價兩百日圓一把，滿便宜的。何況一年中，碰上「蕗」的星期六沒有幾個。幾乎每年，我都買了一次「蕗」以後，第二次往往就是下一年的事了。

一把「蕗」有差不多十根吧。長長的花莖和大大的葉子，可以做成兩種菜。花莖跟油豆腐一起放在柴魚湯裡，加淡色醬油、味醂、砂糖煮。葉子則用芝麻油炒一下，再加昆布絲、濃醬油、清酒和「鷹の爪」辣椒，熬煮到呈現鹹菜狀為止。「鷹の爪」是什麼？就是一般的紅色乾辣椒了；只是日本人喜歡用動物、植物、氣候現象等自然的比喻罷了。所以，粉絲變成春雨，紅燒油豆腐叫做狐，野豬肉變成牡丹肉。

閒話休提，講回「蕗」吧。帶回家以後先洗乾淨，然後把花莖和葉子用刀切斷，以便放進大鍋中在沸水裡焯一下。等鍋裡的水再沸騰起來，就可以把熱水倒掉，重新往大鍋裡注滿冷清水，讓「蕗」花莖和葉子泡上兩三個小時，叫苦澀味出來。

開始做晚飯時，先要在水中把花莖的「筋」（すじ）去掉。食物中的「筋」，因為影響口感，所以事先除去為佳。可是，日語中，「筋」也有「條理」的意思，乃正面而褒義的。就因為如此，在此間小朋友們愛唱的繞口令「這麼大的便當盒裡」中，「蕗」的形象相當好。聽聽小朋友們唱：

「這麼大的便當盒裡，要把飯糰裝進去，擱上醬薑、芝麻鹽、胡蘿蔔桑、櫻桃桑、冬菇桑、牛蒡桑、有洞穴的蓮藕桑、有條有理的『蕗』桑。」（これくらいの、お弁箱に、お握りお握りちょいと詰めて、刻み生姜にごま塩ふって、人参さん、さくらんぼさん、しいたけさん、ごぼうさん、穴の空いた蓮根さん、筋の通ったふ〜き。）

這首繞口令說起來並不難，只是要重複地說得越來越快，伴隨的手勢則要做得越來越小。也就是說，從一本雜誌那麼大的便當盒開始，要重複幾回同一個台詞和動作，直到便當盒縮小成火柴盒那麼小為止。而且每一次說最後一句「有條有理的蕗桑」時，得用右手指頭把左手胳膊從指頭一路到腋下搔一番，之後又把右手帶到嘴巴前邊來，嘛一嘛嘴呼呼地「吹」出一口氣，因為日語中「蕗」和「吹」諧音！

可見乍看之下單純的小孩子遊戲中，其實包含著許多信息。可以說，由於這一首繞口令，日本全國的小朋友們不僅都聽過，而且重複地喊過「有條有理的蕗桑，呼」。只可惜，在現實中，他們吃到「蕗」的機會不多。一來跟其他蔬菜如胡蘿蔔、冬菇、牛蒡、蓮藕不同，「蕗」時令的季節很短，二來春季野菜有苦澀味，小孩子一般不大喜歡，做父母的也不會強迫吃。

「這麼大的便當盒裡」是一九七〇年代開始通過電視兒童節目普及日本全國的。當年日本的伙食生活，還比較傳統。孩子們偶爾有機會吃到「蕗」，而在清貧的日本長大的我們一代，即使遇到不大合口味的菜餚也不會公然拒絕，反之乖乖地吞下去了事。那樣子過了十來年，最初的小朋友們逐漸成長為大人，慢慢懂得欣賞野菜味了。然而，後來的半世紀裡，日本街上到處都是美式速食店、家庭餐廳。從小吃漢堡包、薯條、披薩、家鄉雞長大的孩子們，對味道苦澀調味簡單的野菜，抗拒大於容忍。說實在，今天在網路上看看按照繞口令台詞去做的便當照片，一看就是傳統、端正、低熱量、高營養的日本料理，做給老人吃，保證大受歡迎；但是，做給小孩子吃沒肉、沒蛋、沒美乃滋的便當？可以說，自討沒趣，不做也罷了。

於是過去二十年，我每年春天把當地土產「蕗」買回家，做好的兩種菜，都分給了老公和自己兩個人，從來沒想到讓孩子們也吃。絕不是因為吝嗇，而是不要自討沒趣。可是，今年，我忽然想到兒子已經成年了，女兒也快了。近來他們跟朋友們出去，在外面會吃到之前在家沒興趣吃的一些東西。所以，這天我第一次把稍甜的花莖煮物分盛在四個碗，放在個人筷子旁邊。至於顏色、味道都更濃而且辣的「伽羅（日語沉香之意，指棕色）蕗葉」，我不敢冒險也捨不得萬一浪費（難道我還是吝嗇？），所以只能等到下一次了。

稍後開飯，兩個小孩連問都沒問是什麼東西，就直接吃個乾淨了。做父母的對孩子們口味的成熟，心下稍微吃驚，可也沒特別說什麼。只是一如往年，吃著時令的「蕗」，彼此說：春天的野菜，這獨特的苦澀味真好！

人文的味道
——草莓、枇杷

在透明的塑膠盒子裡，每一粒都墊著一塊海綿，簡直是寶寶一般的被保護著。用手拿起來去皮後，果肉也像胖嘟嘟的小娃娃，美得很。

本來，每一種水果都該有自己時令的季節吧。尤其在日本這樣位於溫帶，四季分明的國土上。可是，如今很多農產品都來自溫室；有些水果的上市時間一年裡竟長達半年。

最好的例子是草莓。

每當十一月中旬我家女兒過生日的時候，我都會買該年第一波的草莓，用來做她的生日蛋糕。那是溫室來的貨，果子比較硬而且有點酸。還好夾在蛋糕之間、鮮奶油之中，主要貢獻是美麗如寶石的紅顏色。

每年一月，帶孩子們到姥姥家拜年的時候，弟弟弟妹帶來一大盒草莓。他們買來的是靜岡縣產的紅臉頰牌，味道很甜蜜，簡單用水洗了以後，捏著葉子直接吃就很好，不必加煉乳什麼的。

一月、二月、三月，草莓的季節持續。據民意調查，草莓是日本人最喜歡吃的水果，全國各地幾乎都有生產，每年總產量達十五萬噸。過去五十年在日本，水果的品質改良可觀，個個都很甜蜜，而且新上市的品種大多都有動漫女主角一般的閃亮名字：櫪乙女、櫪姫（櫪木縣）、乙女心（山形縣）、福遙香（福島縣）、彌生姫（群馬縣）、彩之香（埼玉縣）、房香（千葉縣）、粒浪漫（富山縣）、美濃姫（岐阜縣）、夢香（愛知縣）等等。

家附近的水果店老闆告訴我說：草莓的巔峰期其實是三月和五月，就味道來說，五月的草莓最好吃，因為是露天栽培的。那麼，從十一月到三、四月，雖然在市場上一直看到草莓，最好少吃一點，免得吃太多而吃膩。

日本的四月到五月是春天和夏天交集的時候。這個時候出現一些稀少的水果。例如，枇杷。日本全國的總產量才三千噸，即草莓的百分之二而已。

枇杷原產於華南地區。日本的江戶時代，「唐船」載各種稀有物品到當時日本唯一的開放港口長崎來，其中就有枇杷。於是直到今天，日本最大的枇杷產地是長崎縣，產量占全國總量約三成，而且枇杷品牌中有長崎早生等名字。有趣的是，我後來去香港發現，中藥中，枇杷是很有效的止咳藥。當時我一咳嗽，就買川貝枇杷露來吃，果然很有效。於是覺得很好奇：怎麼枇杷的藥效沒傳到日本來呢？

以前，日本人多住木造平房的時候，後院裡常常種著枇杷樹。我小時候在新宿住的房子，隔壁家的後院裡就有高高的枇杷樹，葉子是細長的濃綠色，每年到了這個時候，樹上結起淡橙色的果子來。由當時的我看來，那是公共浴池裡賣的水果牛奶之顏色，好迷人的。記得有一年，我想辦法要摘下來吃；結果沒成功，卻被隔壁的主婦看見了。隔天她給我母親送來幾粒枇杷。我一聽母親講就羞得臉都紅了。母親似乎看出來是怎麼回事，二話不說就全部都塞在我雙手上。那些枇杷很小很小，我用手指去皮後咬住：果肉硬，果核大，幾乎沒得吃，再說味道也很淡，教人徹底失望。

如今在水果店看到的枇杷就很大了，比乒乓球、高爾夫球都要大。因為枇杷果子容易受傷，所以在透明的塑膠盒子裡，每一粒都墊著一塊海綿，簡直是寶寶一般的被保護著。用手拿起來去皮後，果肉也像胖嘟嘟的小娃娃，美得很。下決心咬住吧，牙齒碰到黑溜溜的大果核以前，往口腔裡流入了一點果汁。跟那幾十年前隔壁家後院裡長的瘦瘦枇杷比起來，明顯嚐得出改良的效果。可是，可是呢，今天在水果店買到的好幾十種水果中，枇杷味道之淡，也可以說是數一數二的。它的好敵手幾乎只有無花果了。

儘管如此，一年一次，我還是願意買枇杷吃；正如我也願意買無花果吃。所吃到的，與其說是一種水果，倒不如說是回憶還是歷史？總之，是人文的味道就是了。

全是春天的香味
——「新雅加」「新玉」「新人參」

學法國人，做「新人參」沙拉，由「新玉」薄片陪伴，再配上剛剛蒸熟、熱呼呼的「新雅加」加奶油，桌上全是春天的香味。

日本超市的蔬果部門，經常出售「咖哩用菜」；看看塑膠袋子裡有什麼，果然是一顆馬鈴薯、一顆洋蔥、一根胡蘿蔔。這是因為普通日本人在家做咖哩吃，除了咖哩塊和豬肉以外，一般就要放入這三種食材。咖哩也是小孩子和老爸等平時不做飯的家庭成員非得做不可之際，選擇做的一種菜。他們甚少去過超市，不知道哪裡有什麼東西賣，所以一個塑膠袋子裡放好三樣必用菜，而且標明「咖哩用菜」，就會覺得非常方便，即使價錢貴一兩成，買方都不會介意，甚至不會注意到。

我都曾長期以為：馬鈴薯、洋蔥、胡蘿蔔是家庭咖哩的群眾演員，躲在薑黃、孜然等有個性的香料明星後面，本身究竟是什麼味道，不很清楚。後來發覺馬鈴薯、洋蔥、胡蘿蔔其實都有自己獨特的味道之前，過了一段不短的時間。

最早發現的是馬鈴薯的味道。我二十幾歲住在加拿大的時候，應邀去朋友家吃飯，往往在烤牛肉、烤羊肉、烤火雞等主菜旁邊，有整顆烤熟的馬鈴薯；用餐刀在表面上劃一條線，加酸奶油一起吃，滿好吃的。對加拿大人來說，馬鈴薯是主食之一，市場上有賣不同種類、不同味道、不同價錢的好多品種。跟在日本只有兩種馬鈴薯（「男爵薯」用在日本料理如「燉馬鈴薯肉」中，「五月女王薯」則用在西方料理如「奶油燉肉」中，而日式西餐如「咖哩白飯」中，哪一種都可以用上）的情況很不一樣。其中一種叫ＰＥＩ（Prince Edward Island＝愛德華王子島省的簡稱）的，就是產於同名省分，而且外皮是紅的，給我留下了特別深刻的印象。對日本女孩子來說，ＰＥＩ是來自加拿大的少女小說《紅髮安妮》的背景。於是，當我發覺ＰＥＩ產的馬鈴薯皮跟安妮的頭髮一樣是紅色時，感到太有趣，再也無法忘記。

我發現胡蘿蔔的味道，也是在差不多同一時期的加拿大。日本人至今很少生吃胡蘿蔔、青椒、花椰菜、四季豆等。可是，加拿大人辦家庭派對時，最常出現的零食、冷盤，就是各種生蔬菜條，其中最常見的就是黃瓜條、西芹條、胡蘿蔔條。至於蘸醬，當年在多倫多特別流行美乃滋加洋蔥湯粉攪拌的。那樣子吃生蔬菜，確實比吃薯片、奶油爆玉米健康，味道呢，也託洋蔥湯粉美乃滋的福，還行。

至於洋蔥，則是回到日本以後才深刻認識到的。我不知是如今日本人吃肉吃油吃得太多的緣故，還是高齡化引起的問題，總之在日本媒體上，經常看到如何防治心肌梗塞、腦梗塞的討論。兩種梗塞都是血管堵塞導致，血管堵塞又是血液變濃所致。因此，如何把血液保持於嘩啦嘩啦（さらさら）流動的狀態，成了大問題。

有一天，老公為一份雜誌採訪著名登山家野口健回來後，告訴我道：人家常爬高山，對身體的負擔很大。尤其在低氣壓的地方，血液容易變濃。你知道為了防治血管堵塞，他吃什麼嗎？是把生洋蔥切成薄片，加柴魚倒醬油吃的。

用柴魚醬油調味，該是為了控制熱量吧。我則在常做的沙拉中，開始放入洋蔥薄片了。洋蔥是通年都有的農作物。可是，春天四月的洋蔥，特別新鮮而富有水分，做成沙拉吃，一點都不辣，反而甜蜜，同時有微微的刺激香，實在美味。日語中「玉」和「球」諧音，所以日本人把洋蔥叫做「玉蔥」（たまねぎ），把春天四月的洋蔥則叫做

「新玉」（しんたま）。

凡事喜歡嚐鮮的日本人，其實也格外欣賞這時候剛剛上市的新鮮馬鈴薯。歷史上，馬鈴薯是大航海時代的荷蘭商船從印尼雅加達帶到日本來的。因而日語中，馬鈴薯的通名是「雅加薯」（じゃがいも），新上市的則叫做「新雅加」（しんじゃが），一般是整顆蒸熟以後，邊剝皮邊擱點鹽或奶油當零食吃。

「新玉」（しんたま）「新雅加」（しんじゃが）都上市了，「新人參」（しんにんじん）也不甘寂寞。日語中，胡蘿蔔是「人參」。藥材人參則叫做「朝鮮人參」或「高麗人參」。最早上市的新鮮胡蘿蔔，既嫩又甜不怕生吃的，做成沙拉效果很好。法國菜中就有把切成絲的生胡蘿蔔用醋油鹽調味的沙拉。學學法國人，做「新人參」沙拉，由「新玉」薄片陪伴，再配上剛剛蒸熟、熱呼呼的「新雅加」加奶油，桌上全是春天的香味，太好了！

5

五月

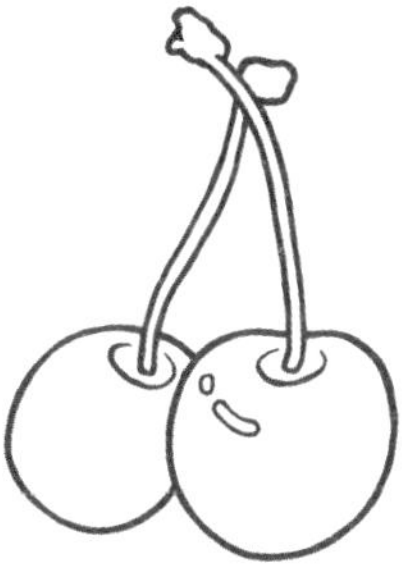

立夏／小滿

端午節的柏餅

初春的鶯餅、三月的長命寺櫻餅、道明寺櫻餅、五月的柏餅中，沒有兩種「餅」是一樣的。

如今日本的端午節是陽曆五月五日，乃法律規定的節日之一「子供の日」（兒童節）。端午節在日本也叫做菖蒲節。端午節晚上洗澡的時候，把菖蒲葉放進浴缸裡洗，據說一年裡不會得病。傳自古代中國的「洗百病」習俗，在當代日本只留下端午節的菖蒲湯和冬至的柚子湯，每半年一次而已。

對日本小孩子來說，端午節是掛鯉魚旗的日子。黑色的真鯉魚、紅色的緋鯉魚、藍色的小鯉魚，三種鯉魚象徵一個和睦的家庭。我小時候，二十世紀後半葉的東京，每年到了這一天，很多家庭的陽台上、院子裡都有鯉魚旗，隨著初夏的風悠然游泳，祝福寶貝兒子們健康幸福。那種風景，最近看得比較少，恐怕是少子化的具體表現吧。另外，公寓裡住的人多了，在高樓陽台上掛鯉魚旗，萬一被風颳走而傷害了下面走路的行人就不得了。於是公寓住民不敢打鯉魚旗也是一個原因。

前陣子去北京旅行，在什剎海附近看到的中國旅遊團，似是從農村來的，人人都跟著導遊走。而那個導遊就是打著日式鯉魚旗率領一個團。中國人對鯉魚旗有什麼認識，我不知道。平生第一次看到有人打鯉魚旗帶團走路，我除了目瞪口呆還是目瞪口呆。

日本有一首兒歌就叫做〈鯉のぼり〉（鯉魚旗）：

比屋頂還高鯉魚旗，大型眞鯉是父親，

小型緋鯉是小朋友，高高興興在游泳。

這是一九三一年發表的老歌。填詞人近藤宮子（一九〇七—九九）是日本文學家藤村作的女兒，應父親之邀寫了幾首兒歌歌詞，包括〈鯉魚旗〉和〈鬱金香〉，兩首都至今在日本膾炙人口，人人皆能唱。

還有一首兒歌叫〈背くらべ〉（比高），也相當有名，乃一九一九年詩人海野厚撰寫的：

柱子上的記號是前年五月五日比高時，
哥哥邊吃粽子，邊幫我們計量的身高，
昨天又計量看，只有長高了一點而已。
靠著柱子望遠看，就會看到幾座山，
一座一座在比高，蹺腳從雲裡露臉，
即使脱下白雪帽，最高還是富士山。

小時候的我沒吃過粽子，不知道「比高」裡的哥哥吃的到底是什麼東西。當時，好像母親也不知道粽子是什麼；我問過幾次都沒能得到清楚的答案。如今在東京，有賣兩種叫粽子的東西：一種像漢人吃的鹹粽，另一種則是把甜味麻糬用竹葉包起來蒸的。我對日本粽子始終有陌生的感覺。

說到端午節，我想起來的場面是：在和室的凹間裡，擺設盔甲，吃柏餅。一九六〇、七〇年代的東京，凡是有男孩子的家庭都逢端午節就擺出「五月人形」來。跟三月三日的「雛人形」不同，「五月人形」往往不是人偶，而是古代武士的盔甲，旁邊掛上鍾馗肖像。日本的端午節既沒有龍舟賽，又跟屈原無關，主要相關人物是中國神話中的神祇鍾馗。這是因為在日語中，「菖蒲」和「尚武」諧音（皆為「しょうぶ」），隨著時代改變，「菖蒲節」的意義演變成「尚武節」了。

柏餅是用柏葉包起來的粳米糕，餡兒有紅豆沙、澄沙、味噌（白豆沙加白味噌和糖）三種。日文所說的「餅」其實種類不少。初春的鶯餅、三月的長命寺櫻餅、道明寺櫻餅、五月的柏餅中，沒有兩種「餅」是一樣的。除了長命寺櫻餅是麵餅以外，鶯餅用細糯米粉、道明寺櫻餅用粗糯米粉、柏餅則用粳米粉。

在和菓子中，紅豆沙和澄沙是常見的餡兒，都有很忠誠的追隨者。可是，味噌餡只有在柏餅裡出現，滿特別的。這似乎跟柏餅發源自江戶時代的德川將軍家有關係。

德川家康的故鄉三河國（現愛知縣）是聞名全日本的味噌生產地。那一帶的食品，直到今天，很多都用味噌調味：例如味噌炸豬排、味噌烏龍麵等。連以高級和牛著名的松阪市，我有一次去當地的烤肉店，驚訝地發覺，老闆端出來的牛肉片全是給抹上味噌的。講回德川家康的時代，對戰國時代的武士們來說，能攜帶上陣的味噌是很重要的營養來源。

家康把天下打下來以後，在江戶築城定居；管轄各國的諸侯也非得在江戶維持辦事處和住房，在江戶和管轄地之間分時間（參勤交替）了。從此源自德川家的習俗，逐漸通過武士階級遍布到民間各地去了。柏餅是其中之一。柏葉是新芽出來以後老葉才謝下的，因而成了香火不斷的象徵，特別投合德川將軍的口味。

看來是德川家的糕點師傅為了討好長官，開發出了內含味噌餡，用柏葉來包住的柏餅，果然流行到今時今日！

柏餅是用柏葉包起來的粳米糕，餡兒有紅豆沙、澄沙、味噌（白豆沙加白味噌和糖）三種。

屬於兩個季節
——初鰹

配上蒜泥吃的日式生魚片，據我所知，好像只有鰹魚一種；吃起來特別刺激，很過癮，有點像吃義大利式的生牛肉片。

「鰹啊，鰹啊，初鰹啊。不是肥肥的『回鰹』，而是瘦瘦的『初鰹』啊。瘦瘦的好吃，而且是初上市的，各位該嚐嚐啦！」

逛魚店聽到魚店工作人員的吆喝聲，覺得真有意思。如今的日本商店，會喊出叫賣聲的行業，似乎只留下魚店了吧。有意思的是，叫喊的並不是老先生，而是年輕人。他們入行沒多久就能吆喝得很專業，實在不容易。

在日本魚店看到的魚類，很多都有固定的時令。例如：鱈魚屬冬天，螢烏賊屬春天，秋刀魚當然屬秋天等。可是，只有鰹魚屬於兩個季節：初夏和秋天。

初夏的鰹魚叫做「初鰹」（はつがつお），乃一年裡第一次從南洋游到日本海域來的鰹魚，一般在日本南部的四國高知縣捕獲。夏天，鰹魚們繼續游往北洋避暑去。然後等秋風颳起來，牠們又從北洋游回日本海域來，這回要在東北地區宮城縣被捕獲了。根據當地漁民的說法，鰹魚是帶領秋刀魚群游來的。顯然，鰹魚方向感特別強。這時候的鰹魚被稱為「回鰹」（戻り鰹、もどりがつお），因為在北洋積累了皮下脂肪，吃起來肉質肥嘟嘟的。

江戶時代的著名俳句說：目青葉，山杜鵑飛，吃初鰹。

所表達的意境是：五月天氣好的日子裡，看到綠油油的樹葉，聽到杜鵑的啼聲，吃到初上市的鰹魚，可以說是江戶庶民的理想生活。日本人尤其是老江戶，歷來愛吃「初物」即初上市的食物，甚至有「初物七十五日」的說法，意思是說：吃初上市的食物，壽命會延長七十五天。

江戶時代的人也說：即使把妻子當掉都得吃「初鰹」。如今該沒有日本男人敢那麼說了吧。不過，看到「初」字，日本人的文化DNA仍舊不由得反應起來，感覺不甘落後，非買回家吃不可。果然，魚店售貨員喊叫：初鰹啊，初鰹啊，初物啊！

初夏的「初鰹」和秋天的「回鰹」，一個肥一個瘦，確實味道不一樣，可是兩者均好吃。正如鮪魚的「赤身」和「toro」（肥肉）各有千秋似的。鰹魚能生吃，也能蒸吃，乾燥透了就成為「鰹節」即柴魚了。

味道濃厚的鰹魚，做成刺身的時候，若跟鮪魚一樣單純切成薄片後配上山葵哇沙米的話，會覺得稍有腥味。於是吃鰹魚刺身，一般除了配上山葵以外，還會配上薑泥、蒜泥。至於薑泥，也會配上沙丁魚、竹筴魚等青魚類的刺身。但是，配上蒜泥吃的日式生魚片，據我所知，好像只有鰹魚一種；吃起來特別刺激，很過癮，有點像吃義大利式的生牛肉片（carpaccio）。

鰹魚刺身也有另一種做法：是把整塊魚肉的外表用火烤一下，然後馬上放入冰水中，擦去水分，切成厚片，上面擱上薑蔥末和紫蘇絲，再倒點椪醋醬油。這種料理叫做「鰹魚叩」（かつおのたたき），名字像「竹筴魚搭搭爾」，但實際上是兩回事。半生不熟的紅色肉片加上酸甜鹹辣的調味料，感覺與其說是吃魚肉，反而像吃烤牛肉片了。

心中的驕傲
——糠漬

如今的日本社會，不分男女老幼都覺得有減肥之必要。於是，注意飲食非常重要了。大家知道的注意事項之一是：先吃蔬菜。

東京人說「漬物」，一般就指冬天的鹽醃大白菜和夏天的糠漬，以前都是各家主婦親手在大桶子裡做好，隨時拿出來當零食、副食品吃的。

我小時候，簡直日復一日，天天都吃「漬物」。當年，日本家庭的飯桌上出現的是清一色的日本菜，一年裡吃西餐的次數屈指可數。所以，天天拿出「漬物」來，幾乎沒有配不配的問題。

後來，日本人的飲食生活國際化了。吃咖哩飯、漢堡包、義大利麵、披薩時，拿出「漬物」來一起吃難免覺得有點彆扭。難怪，如今親手做「漬物」的日本人越來越少。想吃了就可以去超市、便利商店買回來，何必麻煩自己呢？只有害牛脾氣的人，才會持續自己做「漬物」。而我呢，恰是其中之一。

都五月了，菜市場擺著新鮮廉價的黃瓜，可以開始做糠漬了。

跟母親、姥姥一輩的日本主婦都曾有大到張雙手才能抱住的「漬物桶」不同，我的設備小到家家酒一級。冬天鹽醃大白菜，我用的是保鮮袋；裡面放白菜片和一把鹽，有時也放柚子片或昆布絲、紅辣椒，等白菜變軟了就可以拿出來吃。變酸了則連白菜帶水分，全用來做湯或做火鍋。放在冰箱裡的生白菜會變老、出黑斑，鹽醃白菜則不會，反之卻升級為酸白菜，多了不起。做「漬物」等於一舉兩得，教我老覺得從前的人真聰明。

至於我做「糠漬」用的「糠床」，乃跟大型便當盒差不多的塑膠盒子，長年都放在冰箱裡。聽說做「糠漬」最好用琺瑯容器，看起來順眼，價錢也不貴。只是當初我一邊帶孩子一邊寫稿，沒有時間出去買琺瑯容器，順手用了廚房裡找到的塑膠盒子，未料一用就是十多年。屈指數起來，自己都不禁驚訝：我這個塑膠盒子裡的「糠床」，是老大三歲上幼稚園時開始用的，現在老大二十一歲，果然「糠床」有了十八年歷史了。

最初，我只是把米糠和鹽混合在一起裝進塑膠盒子而已。過幾天，自然開始了乳酸菌發酵的過程。至於「糠漬」的材料，幾乎沒有什麼限制，只要是能生吃的蔬菜，統統都可以用。抹上鹽以後，埋在「糠床」裡就是了。冰箱裡的環境溫度低，做「糠漬」需要長一點時間；不過，等兩天就可以吃了，過一週大概會覺得酸。

黃瓜、蕪菁、蘿蔔、茄子、高麗菜，是我最常用來做「糠漬」的材料。也有人用茗荷、山藥、胡蘿蔔等。有人在「糠床」裡放入昆布、辣椒、花椒等，以便改進味道，同時不讓「糠床」腐敗。根據我自己的經驗，只用米糠和鹽就足夠好。過兩天拿出來的蔬菜，清洗後，切開放在小盤子上，很美而且很好吃。蔬菜本來就有的甜味上，還增加了乳酸菌的香味，既清爽又有一點複雜，比單純的生菜沙拉高一等。人類發明發酵食品真不簡單。

每週幾天吃「糠漬」蔬菜，「糠床」裡的米糠會越來越少。於是偶爾加新鮮的米糠和一把鹽。開始的幾天，乳酸菌發酵得不那麼活潑，過些時候自然就好了。我一般做「糠漬」做到秋天大白菜上市為止，然後就開始做鹽醃大白菜。至於「糠床」，便叫它在冰箱裡休息。在常溫環境裡放置「糠床」容易壞掉；在冰箱裡就不會。我有時候好幾個月都不曾打開塑膠盒子一次，但是冰箱裡的「糠床」從來沒有腐敗過。

新鮮的米糠很香，醃好的「糠漬」也很香。然而，從前的人都說「糠床」很臭。是乳酸菌發酵的味道被嫌臭嗎？還是壞掉的「糠床」才發臭氣呢？我從「糠床」裡取出蔬菜來，是用湯匙的，手不沾「糠床」就不會臭。從前的日本人把結婚後容貌衰退的主婦形容為「有了糠漬味兒」，跟中文的「糟糠之妻」意義不完全相同，可顯然有點共同的地方。

如今的日本社會，不分男女老幼都覺得有減肥之必要。於是，注意飲食非常重要了。大家知道的注意事項之一是：先吃蔬菜。這個時候，家中冰箱裡有「糠床」很方便。只要挖出一兩種蔬菜來清洗一下，就能端出一盤蔬菜料理。何況那「糠床」還能追溯到十八年前老大上幼兒園的日子。做主婦的心中覺得驕傲，不要理人家說什麼「糠漬味兒」了。

如今親手做「漬物」的日本人越來越少。想要吃了就可以去超市、便利店買回來，何必麻煩自己呢？

吃壽司的樂趣
——手捏壽司

東京好玩的地方不少，其中就有大型鮮魚店。工作人員大聲吆喝，幫客人處理各種魚類，手法又巧又快，技術之好不亞於專業廚師。

今年的初鰹又大又好吃，賣得又不貴，不多買點來吃簡直對不起上帝似的。我昨天買到的是六百多公克的魚塊，才賣五百九十塊日圓。四個人分著吃，即使加了米飯和做湯水、副食的費用，一個人兩三百塊錢，跟在超商買兩個飯糰差不多。

鰹魚要生吃，除了做成一般的刺身以外，弄成「手捏壽司」（てこねずし）也不賴。這是伊勢神宮所在地三重縣志摩半島的地方風味。

志摩半島海鮮品質特高，於是自古以來被稱為「御食國」，專給皇室廚房提供食材。名氣尤其大的是當地產的鮑魚和鰹魚。鮑魚是高級食材，乃海女跳進水裡找來的，從來都不便宜；鰹魚倒是庶民之味，用來做的「漬丼」就是「手揑壽司」了。

我曾有幾年時間，頻繁去志摩半島遊覽，對於在當地吃的海鮮至今念念不忘。小津安二郎導演拍的影片《浮草》以當地波切漁港為背景。電影完成幾十年後，我有機會前往，下榻於海邊大王崎燈塔下的八千代民宿。老闆是漁夫，早上出海釣上的魚，晚上親手料理給房客吃。說實話，去「御食國」要盡情享受海鮮，在當地旅館住下來是幾乎唯一的辦法；因為漁業權屬於當地居民，外人不能隨便釣魚吃。再說，漁村也沒有鮮魚店，當地人是彼此通融吃當天的收穫。為遊客服務的餐廳不多，一般提供燒烤扇貝和「手揑壽司」。

「手揑壽司」的材料是新鮮鰹魚，切成片之後，在醬油中泡個片刻，撈上來盛在米飯上吃的。所謂「手揑」指的是，把鰹魚片在醬油中用手仔細拌勻的意思。一般的「漬丼」是鮪魚片泡於醬油後，放在白米飯或者醋飯上吃。鰹魚的味道明顯比鮪魚濃厚，所以佐料可以多一點，醬油中也可以加點味醂。我也看過有食譜說：醬油中加芝麻油，都是為了對抗鰹魚類似於牛肉的有勁味道。這次，我就在醬油中放了點薑泥和茗荷絲。用紫蘇絲應該也不錯。

鰹魚要生吃，除了做成一般的刺身以外，弄成「手捏壽司」也不賴。這是伊勢神宮所在地三重縣志摩半島的地方風味。

做「手揑壽司」的時候，切鰹魚，不用做成刺身那麼整整齊齊的樣子，反而切成五花八門的形狀，調味料才會抹滿，口感上亦會有意外的驚喜。畢竟吃壽司的樂趣在於把生魚片和醋飯一起放在嘴裡咀嚼。生魚片始終是跟醋飯搭配的時候最好吃。喜歡山葵哇沙米的人，當然可以吃的時候邊塗點邊吃。

我家老二從小就注意到：生的鰹魚片斷面上會出現彩虹般的顏色，是有點像肥皂泡反射陽光的時候那樣。原來，那是把肉類垂直切斷的結果產生的膽綠素所致，跟鰹魚的鮮度並沒有什麼關係。

雖然日本很多地方都能捕到鰹魚，但是不知為何，以「手揑壽司」聞名的似乎只有志摩半島。那裡的海水乾淨透明，呈現綠寶石的透明感。在小小的海灣中戲水，發現岩石和岩石之間密集生息著海螺、藤壺等。當無人的時候，牠們出聲彼此說話，吵吵鬧鬧的程度叫人驚訝，好比走進了迪士尼樂園的魔幻音樂屋似的。可惜暫時去不成迷人的志摩半島，還好東京魚店裡買得到新鮮鰹魚。趁機多點吃刺身和「手揑壽司」，神祕的是有補腦的感覺。

東京好玩的地方不少，其中就有大型鮮魚店。工作人員大聲吆喝，幫客人處理各種魚類，手法又巧又快，技術之好不亞於專業廚師。所以我在下班回家的路上，繞道去逛魚店，算是樂趣和實用一舉兩得的活動項目。何況最近幾個星期都看到買到了新鮮鰹魚，可以說等於享受了東京生活最難得的優勢。

吃個痛快
——「冷中華」

據說，「冷中華」的發祥地是東京神田神保町的揚子江菜館。位於舊書店街中間的鈴蘭通，內山書店的對面，如今外牆上有京劇面具的裝飾。

今年第一次的「冷中華」已由老公端上桌了。他做得滿不錯，跟我做的差不多了。總之，比外面中華料理店做得好，可以說是我們家的招牌菜。

「冷中華已上市」，以前日本有很多中華料理店，每到五月中就貼出這麼寫的海報來。中華料理店平時賣的麵條，拉麵、叉燒麵、餛飩麵等都是熱的，連炒麵、炒飯、鍋貼等也都是熱的。可是，日本人本來就有吃冷麵的習慣。蕎麥麵店的菜單上一年四季都有「笊蕎麥」「盛蕎麥」等蘸著冷汁吃的冷麵條。尤其到了悶熱的梅雨季，非吃冷的東西爽快一下不可。於是原先專門賣熱菜的中華料理店也逼上梁山發明了「冷中華」這麼一種日式中餐。

據說，「冷中華」的發祥地是東京神田神保町的揚子江菜館。位於舊書店街中間的鈴蘭通，內山書店的對面，如今外牆上有京劇面具的裝飾。那裡從一九三〇年起供應到今天的「冷中華」呈富士山形狀，山坡上垂直方向整齊地擺著蛋皮絲、竹筍絲、叉燒絲、黃瓜絲、瓊脂絲，並且以糖醋醬油調味。吃著吃著從裡面還能挖出來肉丸子、鵪鶉蛋、蝦仁等。

老字號餐館的招牌菜「五目涼拌麵」賣價一千五百多日圓，比一般拉麵館貴一倍。當然很好吃。可是，受它影響，日本廚師們推出的「冷中華」呢？一般由日式火腿代替叉燒，但是市面上流通的日式火腿多含有大量的麵粉和水分，吃起來像紙張而吃不出肉味來。另外，只有黃瓜絲和蛋皮絲跟楊子江菜館一樣。至於染成紅色的醋薑（日本人稱之為「紅生薑」）呢，主要是看樣子鮮豔，並不是味道鮮美。

日本顧客看到「冷中華已上市」的海報，忍不住叫一份來吃，因為「冷中華」代表的是此間文化挺重視的季節感，頗有「不吃冷中華非好漢」的感覺。可是，季節感和味道並不總是攜手而來。於是日本好漢們在餐廳飯桌上找找白醋啦、芥末啦、辣椒油啦，

比外面中華料理店做得好，可以說是我們家的招牌菜了。

大量地放入攪拌後，才能吃個痛快。

我從海外回日本結婚的時候，皮箱裡放著台灣傅培梅、香港方太等人寫的食譜。翻著翻著就發現：中餐中的拌麵類一般都把豬肉、雞肉等整塊地煮熟待涼後，切絲鋪放在麵條上面。於是試著煮豬五花肉、雞腿肉等，放在「冷中華」上面吃，效果比紙張般的日式火腿不知好了多少倍。再說，用來調味的醬汁，也用了煮肉塊時留下的湯水，就比什麼「中華味之素」等都好很多。

多數日本人以為，想吃「冷中華」，要麼下館子，或者買來帶調味料的袋裝「速食冷中華」。我家則用一隻雞腿肉和白芝麻、醬油、砂糖、白醋等，再加了點蛋皮絲和黃瓜絲，與其說是「冷中華」，倒不如說是「什錦涼拌麵」了。是的，日本人說的「五目」就是中文的「八寶」，即什錦、全家福的意思。至於麵條，我們家就用日本人夏天煮來吃冷麵的「冷麥」，乃比素麵粗、比烏龍麵細的小麥切麵，習俗上只有夏天才出售。

如今日本街頭，年輕老闆紮頭巾、穿黑色T恤的拉麵專門店越來越多，老派的中華料理店則逐漸減少了。可惜，拉麵專門店的菜譜十年如一日，沒有季節性的變動，到了夏天也不做「冷中華」來賣。老派的中華料理店呢，主要是因為過去二十年經歷了所謂的世代交替，老闆揮勺顛鍋，做出炒飯、炒麵、韭菜炒豬肝、「酢豚」（咕咾肉）等飯菜，太太端盤收錢那種家庭經營的館子幾乎絕滅了。

所以，出去找美味「冷中華」吃，已經是不容易的一件事了。還好，我學會做「什錦涼拌麵」以後，老公也學會了。下一步，只要成功地傳授給孩子們，老了以後，進入梅雨季，忍不住喊聲「悶熱！」時，還能吃到「什錦涼拌麵」，不亦樂乎！

1 小時候吃西瓜，要麼在早飯和午飯之間或者在午飯和晚飯之間，因為是當零食吃的。

2 日本人把櫻桃暱稱為「櫻坊」，好比它是個小男孩似的。

小時候的夏天之味
——小玉和櫻坊

小時候吃西瓜，要麼在早飯和午飯之間，或者在午飯和晚飯之間，因為是當零食吃的。

記得小時候夏天吃的西瓜很大很大。用雙手勉強能抱上來，而且是挺重的；倘若不小心掉下來，整個西瓜都喪命。切好後，撒了鹽巴，成功吃完紅色果肉，所剩下的白色內皮也夠厚，當年有些人還把它做成糠漬，算是「西瓜兩吃」了。

如今我常吃的西瓜是日本所謂的「小玉」。其實，用漢字該寫成「小球」才對。只是，日本人習慣用「玉」字來代替「球」字，不外是兩者諧音唸成「たま」。

「小玉」嘛，大小跟「小球」一般，就是像排球、籃球、保齡球那樣的大小，能夠直接放入冰箱裡的蔬果室冷卻，對生活空間並不寬裕的公寓居民來說，方便得很。至於皮呢，則薄到幾乎消失了內皮，只剩下跟一張紙一樣薄的綠色外皮而已。

今天日本商店賣的水果很多都有「糖度保證」的貼紙，買回家，吃起來一定甜蜜如點心，不必到時候要後悔自己當初沒買貴的，而是小氣鬼買了便宜的。日本有句俗話說：「安物買いの銭失い」（買便宜貨等於丟錢），就是這個意思。

五月下旬，我吃到了今年第一次的西瓜。夠甜，而且最近日本特別熱，吃了很有清熱的感覺。直到八月底以前，飯桌上，早晨出現西瓜，晚上出現毛豆，乃跟小時候一樣的夏天之味。

小時候吃西瓜，要麼在早飯和午飯之間，或者在午飯和晚飯之間，因為是當零食吃的。大熱的天，小孩子從外面流著大汗回到家，留守的姥姥或者母親，便端出冷麥茶和切好的西瓜片來。日本人吃西瓜，從來沒有砍成兩半，拿著湯匙一人吃一半的風俗；反而把大西瓜切成跟吐司差不多的片狀，邊擱鹽巴邊吃下，顯然要補充流大汗失去的鹽分礦物等。

我家老大小學一年級的暑假裡，每天上學校的游泳班，結束以後直接去校門對面的同學家，盡情吃同學母親給孩子們切的西瓜。我對那位母親心中滿是感恩，可是沒有機會見面直接表達謝意。未料不久後，他們家搬到不同的學區去了。九年以後，孩子都十五歲，要上高中了。在入學典禮上，我發現了一位面熟的新生家長。果然是那個同學的母親。我走上前開口要說的第一句話便是：謝謝您那年每天給我兒子吃西瓜。

打開冰箱蔬果室，發現小玉西瓜旁邊有美如紅寶石的美國櫻桃。我至今記得高中第一次吃它時感到的震撼：多大、多甜、多紅！

太宰治有一部很有名的短篇小說叫《櫻桃》，乃在酒吧裡，媽媽桑端出來給顧客們下酒的。那是日本櫻桃，不僅很小，顏色在黃紅之間，而且吃起來味道很淡，主要是酸，幾乎嚐不到甜味的那種。儘管如此，櫻桃在日本歷來是高級的水果。小說家知道：在家餓著肚子等候的孩子們，恐怕沒吃過櫻桃，如果給他們帶回家的話，一定會很高興的。然而，他就是不肯拍屁股站起來走人，反而邊自己吃下櫻桃，邊為自己解圍說：寧願相信，大人比孩子重要。

日本人把櫻桃暱稱為「櫻坊」（さくらんぼう），好比它是個小男孩似的。小時候，我似乎沒吃過「櫻坊」，畢竟既貴又沒什麼吃頭，母親沒有理由買來叫孩子們吃。

當年我唯一吃過的是，在冷飲店提供的飲料中，放著當裝飾品的瓶裝櫻桃。應該是在糖水裡煮過的吧，既軟又甜而且呈胭脂紅。

我念高中的時候，日本政府受到山姆叔叔的壓力，向美國開放了部分水果市場。市面上，忽然間既大又紅的美國櫻桃氾濫。忘了是母親買回來，還是我自己掏腰包買的，總之吃了第一口就驚呆了。圓圓的果實，皮兒的張力特別強，咬破後，滿嘴都是豐富的果汁，與其說是胭脂色，倒不如說是鮮血色。果然是肉食的美國人培植出來的水果。

後來，在美國櫻桃的壓力下，日本櫻桃也一步一步改良過來。如今，日本櫻桃的外表基本上消失了黃色，味道也不酸了。雖然還說不上胭脂紅或者特別甜，但是好歹活了過來，不至於絕滅。我覺得在那圓圓甜甜，吃了你我都變成吸血鬼的櫻桃威脅下，這已經稱得上是成就。

6

六月

芒種／夏至

老東京的認可
——冷狸蕎麥

其實，從創新這一角度來看，冷狐狸是過去幾十年裡被開發出來普及的新品種，而且贏得了我這個老東京舌頭的認可。

小時候，在東京住家附近的「藪蕎麥」麵店菜單上，母親允許孩子們吃的麵點種類相當有限。除了狐蕎麥、狐烏龍以外，就是狸蕎麥和狸烏龍而已。

「狐」（きつね）指的是「阿揚」（おあげ）即紅燒炸豆皮；「狸」（たぬき）指的則是「揚玉」（あげだま）即炸麵渣兒，乃做天婦羅時的副產品。我比較喜歡後者，因為炸麵渣兒有時含著蝦尾渣兒；嗨，渣兒裡找渣兒，真是B級得可以了。

當年吃的蕎麥、烏龍，都是熱湯麵。在我童年記憶裡，日本蕎麥麵店賣的冷麵，曾都採用撈麵蘸著醬汁吃的方式。至於冷蓋麵呢，我是三十五歲從國外回來以後才發現的。如今在東京蕎麥店的菜單上，一到夏天，至少會有冷狐蕎麥和冷狸蕎麥的兩種了。

這種冷麵的靈感來源，我相信一看樣貌很多人就會猜到。沒錯，就是日本中華料理店夏天推出的冷中華，卻是把鹼水麵換成蕎麥麵。

我任職的大學附近，有家蕎麥麵店叫海老民。到了六月初，每年都開始供應冷狐蕎麥和冷狸蕎麥。我深知這類麵點很B級，不如吃正統的「天蒸籠」即什錦天婦羅配上冷蕎麥有體面。由本來夠B級的冷中華敷衍出來的冷狐狸，叫了會被共食的同事們哈哈嘲笑的。儘管如此，年復一年，我都不能抗拒它B級的吸引力，非得享用一兩次不可。

海老民的冷狸蕎麥上，除了「揚玉」以外，還擺著點蘿蔔泥、仿螃蟹、裙帶菜、玉子燒、黃瓜絲，最後由放在頂上的一粒梅乾畫龍點睛。在旁邊小碟上，還放著少許蔥薄片和山葵哇沙米。按照日本習俗，不要像吃炸醬麵那樣徹底拌勻好以後才從容吃。一般是用筷子一邊塗一點山葵一邊吃一口的，規矩囉嗦得很有化外之感。

這家店的蕎麥麵，由老闆當場擀出來，天婦羅也是點菜以後現炸的，果然味道滿好。店裡的擺設、燈光等也設計得很優雅。工作人員待客的態度一點也不差。只是，在菜式的創意方面頗有進步的餘地。不過，這又不是海老民一家的問題，而是日本餐飲業的通病。太多飯館、麵館都十年如一日地供應完全相同的幾樣常規菜式。

其實，從創新這一角度來看，冷狐狸是過去幾十年裡被開發出來普及的新品種，而且贏得了我這個老東京舌頭的認可。不過，若有人問我會不會在家試試做冷狸蕎麥吃，我的答案是否定的，正如我不會在家自己握鮪魚美乃滋飯糰塞在孩子的便當盒。

年復一年，我都不能抗拒它 B 級的吸引力，非得享用一兩次不可。

我是壽司師傅的女兒
——GARI

享用壽司的時候，吃完一個以後，再吃下一個以前，嘴裡含一下「GARI」，口腔中原留下的微微腥味就給清除得乾淨。

日本壽司店歷來有一些行內俚語。比如說，醬油叫「紫」（むらさき），茶水叫「上」（あがり），醋飯叫「しゃり」。至於「がり」（GARI）呢，就是醋泡嫩薑片的意思了。

「GARI」的做法很簡單，只是把嫩薑切成薄片以後，先用鹽醃一下，然後泡在加了鹽和糖的白醋裡即可。關鍵是一定要用嫩薑。所以，菜市場上看到了嫩薑，就應該抓機會購買，否則不知道下次相見在何時。

雖然壽司是日本的頭號名菜，說到底是把生魚片放在醋飯糰上握一握罷了。雖說壽司也是享受新鮮魚類味道最理想的吃法，個中食材卻只有生魚和醋飯而已。所以，配角如海苔、山葵哇沙米，以及「GARI」，其實扮演著很重要的角色。

享用壽司的時候，吃完一個以後，再吃下一個以前，嘴裡含一下「GARI」，口腔中原留下的微微腥味就給清除得乾淨。然後，在舞台上轉換場面一樣，能夠以新鮮的心情面對下一種壽司。

不過，「GARI」也有另一種比較實際的功能。

把鮭魚子等零散材料用海苔條圍住而做成的「軍艦卷」壽司，閣下如何蘸醬油吃？如果整個地斜倒下來讓鮭魚子接觸到小碟裡之醬油的話，就難免發生魚卵滑落事故了。這個時候，悠然拿一片「GARI」來，當它是個小刷子，蘸了點醬油後，輕輕在魚卵表面上擦一擦。結果不是很好嗎？

我是從已故爸爸那裡學到這一招的。他出生在爺爺開的壽司店，年輕時當過幾年壽司師傅。所以，對壽司的做法、吃法都特別熟悉。可是，很多一般人，包括很多日本人在內，不知道壽司的正規吃法；結果，每次吃壽司都要遭受到魚卵滑落、飯糰塌方等令人心痛的餐桌事故。飯糰塌方的原因，不外是讓飯糰而不是生魚片接觸到醬油所致。

壽司在日本是非常普及的食品。除了迴轉和不迴轉的壽司餐館以外，有很多外帶專門店，不少超市都賣壽司便當之類。因為現成的壽司到處都買得到，很少有日本人要在家裡自己做著吃。我是極少數的例外之一，到底是壽司師傅的女兒嘛。

從鮮魚店買來十多種魚類，自己煮米飯混合糖鹽醋，站在餐桌邊握出一個又一個壽司給家人朋友吃，是我人生中最大樂趣之一；既能吃到美味，又能受到讚揚。再說，經常有人注意到「GARI」也是我親手做的。凡事買來材料自己加工的話，成本很低，能吃很多，再說不用擔心食品安全問題。至於味道，也不會太差的；畢竟貨真而且新鮮，跟可疑的添加物沾不上邊。

在東京，新鮮嫩薑已上市。該動手做家人加朋友們夠吃一年的「GARI」了。

凡事買來材料自己加工的話，成本很低，能吃很多，再說不用擔心食品安全。至於味道，也不會太差的；畢竟貨真而且新鮮，跟可疑的添加物沾不上邊。

蒸籠的勝利

蒸熟了第一波食品以後，再用同一鍋熱水來蒸第二波食品也無妨。實在很合理！

學習中文帶來的意外驚喜是我會看中文食譜了。自從單身住在加拿大的時候起，我就看黃淑惠、傅培梅等人寫的食譜做菜。知道個別菜的做法是一回事，學會用日本少有的料理器具是另一回事。比如說，平時做菜都用蒸籠。

日本家庭裡，從前有一種原始的蒸飯鍋，乃黃色鋁製，底部分兩層，有蓋和雙把手的。可是，微波爐普及以後被淘汰了。再說，日本賣的電飯鍋也不附上蒸盤；該是有潔癖的日本人不喜歡在同一鍋裡又煮飯又蒸菜來影響白米的味道所致。結果，在如今的日本家庭裡，要蒸菜只能用微波爐的情形並不少見。

另一方面，蒸籠在普通日本人眼裡是港式飲茶店裝點心用的器具，不會想到家裡做菜都能用上。我購買竹製蒸籠，最初也是為了蒸肉包子、燒賣。可是，很快就發現了：正如跟香港茶樓一樣，把籠子重疊了好幾層，熱氣照樣上來蒸熟裡面的食品。多科學！目前，日本公寓的廚房裡一般有三口瓦斯爐。一個爐子用來做湯，一個爐子用來做主菜。最後一個爐子上，能同時料理兩種蔬菜真是再方便不過了。

於是我開始蒸點心以外的種種東西。比方說，夏天晚餐桌上常出現的毛豆，一般日本人都是清煮來吃的。可是，煮好了倒掉熱水，不僅浪費水也浪費煮水用的能量。若改用蒸籠呢，可以同時在幾層籠子裡蒸幾樣食品了。不僅如此，蒸熟了第一波食品以後，再用同一鍋熱水來蒸第二波食品也無妨。實在很合理！

這天，我在毛豆上面蒸了茄子。因為擔心茄子的顏色會脫下來染上毛豆，所以在上層底下鋪了一張蒸籠紙。至於為何沒把毛豆放在上面，就是擔心給毛豆抹上的鹽巴跟熱氣一起滴下來影響茄子的味道。十多分鐘以後，毛豆和茄子都蒸好了。毛豆就直接盛在盤子上。茄子則切成條狀，用鹽、芝麻油、胡椒粉和蒜頭粉調味，成了韓式拌茄子。

日本夏季豐產的茄子，跟其他蔬菜有所不同，炒起來會吸收大量的油。於是，日本傳統的「燒茄子」，要在鐵架上把帶皮的茄子烤到外表焦黑，然後扔進冷水裡，把焦黑的外皮去掉，等裡面的翡翠色茄子肉出現，再切小盛在盤子上，擱了點柴魚和醬油方能入口。雖然味道不差，但實在費事。

相比之下，用蒸籠料理起來，既能節約能源又能節省油分，也就是說，既方便又健康，實在沒得說了。

用蒸籠料理起來，既能節約能源又能節約油分，也就是說，既方便又健康，實在沒得說了。

冰棒療法

通過自由地吃冰棒，讓孩子們放鬆下來，以便恢復元氣；
而不是教他們如何有體面禮貌地吃冰棒。

日本的精神科醫生田中茂樹寫過一本家庭教育書，叫《如何信任你的孩子》（子どもを信じること）。田中醫生告訴讀者：帶孩子最重要的是信任孩子，一旦信任了孩子，就不需要嚴厲的家教了；反而寵愛孩子，才能讓他們健康幸福地成長。

該書最後一章，田中醫生介紹了在家庭裡容易施行的認知行動療法：冰棒療法。

首先，去超商買多種冰棒。該買不同種類的冰棒多達三十種，以便裝滿家中的冷凍庫。然後告訴孩子們：隨時都可以吃自己選擇的冰棒。為了提高成功概率，不要買來大人一般喜歡的健康、大量、盒裝的品種。孩子們喜歡吃顏色濃厚、少量、不尋常容器裝的種類。

當他們開冷凍庫選擇要吃哪一種時，做父母的應該守住口，千萬不可說：「快選吧，否則冰棒會融化掉。」也不可以提出條件，如：「先做完作業就可以吃了。」如果剛吃完一個，再打開冷凍庫要物色下一個吃什麼時，家長都該忍下來不可說風涼話。

等孩子們吃完冰棒，收拾垃圾則要由父母包辦。因為冰棒療法的要點在於：通過自由地吃冰棒，讓孩子們放鬆下來，以便恢復元氣；而不是教他們如何有體面禮貌地吃冰棒。這一點，做父母的需要牢牢記住。若是平時老說「做完了一件事就要收拾好」「該保持環境衛生清潔」的家長，這回默默地替孩子們處理垃圾，能發揮的作用特別大。

聽了田中醫生的演講，有些讀者提問：「吃很多冰棒不會發胖嗎？」「是否事後不能吃晚飯了？」根據自己帶四個兒子成長的經驗，田中醫生說：孩子們是不會有問題的，要注意發胖的倒是陪吃的父母。

田中醫生認為，今天的日本父母普遍有過分嬌生慣養的毛病，導致孩子們情緒不穩定等問題。尤其擔心孩子們吃食的家長很多，乃是他們不能相信孩子控制食慾的能力所致。因為食慾屬於本能，太多干涉會影響孩子們健康成長。例如青春期女孩中頻頻見到的厭食症，一般在背後都有個對女兒的吃食過度關注的母親。

跟多數日本男性醫生不同，田中大夫跟夫人雙雙有職業，共同把四個兒子帶大，而且其中老大和老么都有過動傾向。再說，他也每週兩次擔任少年足球隊的教練。他之所以能夠提出冰棒療法這種生活化的建議，果然有作為父親奮鬥過來的經驗。

最後，在眾多家庭教育書當中，我特別喜歡這一本，因為扉頁上寫著這麼一句話：Mothers have to be there to be left.（為了長大成人，孩子們非得離開母親不可；而為了讓孩子離開，母親非在他們身邊不可。）

田中醫生告訴讀者：帶孩子最重要的是信任孩子；一旦信任了孩子，就不需要嚴厲的家教了；反而寵愛孩子，才能讓他們健康幸福地成長。

珍珠奶茶在日本

愛排人龍的小女生們卻完全清楚：這幾年，先有春水堂，跟著有CoCo都可在日本上陸。

源自台灣的珍珠奶茶席捲日本，勢頭之猛連在我居住的東京西郊國立火車站附近就連續開了三、四家，而且每一家門前都有以女中學生為主的長長人龍。

小女生們給新奇的外來甜品迷住的歷史，在日本能追溯到一九九〇年代初的椰果潮。然後來了提拉米蘇熱、葡式蛋塔熱，櫻桃派熱、義式奶凍熱、卡納雷熱、比利時鬆餅熱、肉桂捲熱。前些時，還掀起過夏威夷式鮮奶油薄餅潮、法國吐司潮等。

其實，日本目前的珍珠奶茶熱，屈指算起來是史上第三次了。第一次在千禧年的時候，第二次則在二〇〇八年左右。所以，年紀大一點的姐姐們搞不明白：珍珠奶茶到底有什麼新奇的？

愛排人龍的小女生們卻完全清楚：這幾年，先有春水堂，跟著有CoCo都可在日本上陸。幾乎同時，台式雪花冰的Ice Monster也在日本最時髦的原宿表參道開張，大讚的口碑迅速傳播到全國各地去了。

在她們看來，台灣是跟韓國一樣酷的流行文化先進地區。再說，作為日本人去海外旅行的人氣目的地，過去五年台灣都是冠軍。正如同樣是旅遊勝地的夏威夷，以當地著名的薄餅店Eggs'n Things為先鋒，成功地打入了日本甜品市場。源自台灣的冷飲冰菓店陸續來日本開分店，不僅吸引了愛追流行的一群人，也吸引了去過台灣享受過道地風味的一群人。換句話說，台灣美食和旅行經驗，互相抬高了彼此在日本人心目中的地位。

跟上兩次流行的時候不一樣的是：今天的小女生們人人都有智慧型手機。排長隊買到了珍珠奶茶，她們一定要拍照片，上傳到Instagram去。從這角度來看，長長的人龍先要博得朋友們的注意，跟著登場的細長塑膠杯也與眾不同，最後是集中在奶茶底下的黑色珍珠美如寶石：既好看又特別。可見，在社交網路時代，視覺魅力最重要。

這麼一來，本來出售別種食品的速食餐廳和外賣店都要進入珍珠奶茶業界來了。聽說，生意還不錯的外帶壽司連鎖店「小僧壽司」就要把一部分店鋪改為珍珠奶茶店。在日本一杯的價錢約六百日圓，跟一盒壽司的賣價沒多少差別；但是，一杯珍珠奶茶的成本應該比一盒壽司低很多吧。果然更有賺錢發財的餘地。

異國情調
——孜然

若不愛吃羊肉的話，就把夏天的蔬菜用橄欖油和孜然、芫荽、辣椒粉炒一下都無妨啊。

前些時候，在北京跟老朋友交談。她說，現在常吃的很多東西，三十年前連名字都沒聽說過，例如：茴蒿，還有什麼孜然……

說得沒錯。現在食品種類很多。在我留學時代的北京，冬天要吃涮羊肉，配菜只有大白菜、豆腐、粉絲。確實沒看到過茴蒿，更不用說什麼孜然……

且慢！當年雖然沒聽說過什麼孜然，可是戴小帽的新疆人賣的串羊肉，歷來是北京人最愛的小吃。那迷人的香氣和味道，不是除了辣椒粉以外，也抹上了孜然粉所致嗎？只是，當年的漢族人沒興趣追究少數民族用的是什麼香料，只要物美價廉就好了。

新疆我只去過一次。那還是中國經濟還沒起飛，當地還保持著傳統生活方式的年代。最常見到的交通工具是驢車，當地人看到我手裡有照相機，就請求替寶貝拍一張留念。離開北京之前，漢族朋友們告訴我：那邊東西不衛生，吃食一定要注意！然而，踏上了塔克拉瑪干沙漠，我卻發覺：原來，伊斯蘭教徒特講衛生，生活環境比漢人地區乾淨很多。再說，新疆風味是無法抗拒的，有豐富的水果以外，還有現烤的麵包、用手拉的麵條，更不用說永遠迷人的羊肉串。

其中，我後來最念念不忘的是咬勁能和義大利麵比肩的炒麵。多年後，北京開了很多家新疆菜館。我去東四六條叫彎彎月亮的一家，發現了菜單上有一種主食叫拉條子；試試要了一盤，果然跟我在塔克拉瑪干沙漠的綠洲上嚐過的炒麵一模一樣。那芬芳的香氣，究竟是什麼東西來的？終於我明白，日本人借用英語稱為cumin的香料，漢語則叫孜然，在新疆烹調中占有靈魂一般的地位。

今天，不僅在北京人的廚房裡，連在日本人的廚房裡都常有瓶裝的孜然了。但是，很多日本人買了一瓶後，不大知道怎麼用而用不完。我呢，因為腦子裡永遠有年輕時候在新疆綠洲上意外吃到的美味拉條子，每年夏天到來，蔬菜攤上擺出了肥肥的茄子呀、青椒呀、西紅柿呀，就去採購羊肉來，非炒出新疆風味拉條子來不爽。當然，起鍋之前，一定得投入足夠分量的孜然、芫荽、辣椒粉了。

日本人一般不大吃羊肉。所以，給朋友們推薦菜式的時候，我都說：若不愛吃羊肉的話，就把夏天的蔬菜用橄欖油和孜然、芫荽、辣椒粉炒一下都無妨啊。結果，很多人都說：這樣子炒菜很好吃，也充滿著異國情調呢。可不是嗎？

甜瓜、蜜瓜、哈密瓜

三十五年前，日本的蜜瓜比西瓜貴很多。每到夏天，我們日本老百姓的小孩子，天天吃西瓜是天經地義的事。

講起新疆，除了孜然風味拉條子以外，我都一定想起當地的蜜瓜來。新疆有著名的哈密瓜，早在就讀日本的中文學校時，已經聽老師講過。後來到北京留學，因為當年中國物流不發達，首都居民是吃不到哈密瓜的。我對新疆之旅充滿期待，一個原因是嚮往哈密瓜多年。

那是一九八五年的夏天。屈指數起來已是三十多年前的事了。如今中國的物價不比日本便宜，在新疆一個蜜瓜賣多少錢，我不曉得。總之，在今日東京，我們家每早吃的水果，這個季節是蜜瓜、西瓜、桃子。一個蜜瓜有大的也有小的，價錢從六百日圓到八百日圓之間吧。即使是小的，還夠一家四口人吃。如果是大的，有時還分兩次吃。這情形跟小玉西瓜的性價比，沒有很大區別。

可是，三十五年前，日本的蜜瓜比西瓜貴很多。每到夏天，我們日本老百姓的小孩子，天天吃西瓜是天經地義的事。蜜瓜就不同。西瓜賣幾百塊一個的時候，蜜瓜的價錢會貴幾倍，甚至十倍以上。如果是名牌的夕張蜜瓜，聽說賣一萬日圓以上的都有。當然，我只是聽說過而從來沒吃到過。

其實有一次，我差不多可以吃到夕張蜜瓜了。那是我讀大學，做家庭教師的時候。有一段時間，被有錢人家聘請，幫他們家的小學生補習功課。因為是有錢人，別人送來的禮物非常多；自己家人消費不掉的東西，偶爾會送給傭人、工人以及孩子的家教。那天，我從小朋友的房間出來，先生跟我說：對了，有夕張蜜瓜，老師帶回家吧。然後，他親自開車把我送到火車站。車子停到了路邊，先生看到附近有警察，不敢停太久，叫我下車後，自己匆匆把車開走了；他忘記把那個夕張蜜瓜也叫我帶上。那是我跟夕張蜜瓜最接近的一次。至於其他種蜜瓜，價錢也不俗，還是輪不到我吃。

那年代從日本去中國，簡直翻身為大富翁似的。一九八〇年代，日本和中國的物價差異至少有十倍以上。尤其到了偏遠的新疆，日本賣幾千圓的蜜瓜，便宜到五十圓一個。記得從烏魯木齊花兩夜三天穿過塔克拉瑪干沙漠去喀什的公車旅途上，每次車子停在綠洲，就有當地人過來賣蜜瓜、西瓜。因為西瓜在日本都不稀罕，我就專門吃蜜瓜。有可能不是名牌的哈密瓜吧，但是一樣好吃沒錯。大小跟我如今和家人分吃的差不多。也就是說，每次公車停下來，我都一個人吃了四人份的蜜瓜。到底吃了多少次，已經不記得了。可是，記得很清楚，不到一天我開始拉肚子了。還好，新疆人很熱情，告訴我：妳拉肚子了，就吃西瓜好了，西瓜是止瀉的。那是我去中國留學兩年，學到的可貴知識之一：吃蜜瓜拉了肚子，吃西瓜就會止瀉。

後來，我又從中國到加拿大去。住在多倫多的時候，發現那裡有一種蜜瓜叫cantaloupe，是有橙色果實的；買來嚐嚐，很好吃，也不貴，可是我已經在新疆暴吃過一次蜜瓜，失去了對它渴望似的熱情。

再後來，搬回日本定居；我發現，蜜瓜早已不是超高級水果了。價錢跟西瓜差不多，不再有人當它是禮物送給有錢人了吧。對了，單單夕張蜜瓜，直到今天都保持著崇高的地位。味道應該與眾不同吧？很可惜，我一直沒有機會嚐嚐。

7

七月

小暑／大暑

想起小時候的夏天，除了清煮毛豆、西瓜以外，還經常吃冷素麵。

清湯掛麵的誤會
——冷素麵

當年在加拿大，如果我能做這山形縣風味冷素麵帶去參加百樂餐的話，那個華人同學說不定還會豎起大拇指來讚揚了。

想起小時候的夏天，除了清煮毛豆、西瓜以外，還經常吃冷素麵（ひやそうめん）。

日本的素麵很像台灣以及中國福建省常見到的麵線，也就是長壽麵的亞種。據說，最初在日本平安時代，遣唐使從大陸帶回來，早期叫做「索餅」的。到江戶時代，漸漸從宮廷、武士階級普及到民間去。明治維新以後，改稱為素麵了。

現在日本有半公家性組織明文規定：直徑一點三毫米以下的乾麵才叫做素麵。粗一點的則叫冷麥，超過一點七毫米的叫做餛飩（烏龍麵）。至於素麵的做法，則是把麵餅拉長後乾燥而製的；這一點跟把麵餅擀平後切細的餛飩、冷麥不一樣。

我兒時印象中的素麵是把煮好的麵條在流水裡洗淨冷卻，然後放在裝了冰水的大缽中，用筷子撈起來，蘸著柴魚湯吃。調味料只有湯汁中加的醬油，完全不含菜肉等，特別符合素麵這名稱。

記得在加拿大生活的時候，有一次參加每人各帶一味菜餚共同享用的百樂餐，我帶去了煮好的素麵和柴魚湯。西洋同學見怪不怪，有位華人同學倒動氣說：妳這是真正的清湯掛麵，還帶來給別人吃，不覺得丟臉嗎？當場我沒回嘴，可心裡想：這是我從小熟悉的日本家常便飯，怎會至於丟臉呢？

回國嫁了大阪人以後，我才發覺：原來，在日本關西地區，人們吃素麵的時候，先以蝦米、冬菇熬湯，然後用醬油、味醂、少許鹽調味；同時也準備蛋皮絲、黃瓜絲、薑泥等配料的。婚後第一次，老公把大阪式冷素麵端上桌的時候，我非常驚喜，而其中驚訝的成分多過喜悅。

後來，我家夏天吃的冷素麵都採用大阪模式，由老公包辦了。吃著吃著，我心裡想：如果能把這樣的冷素麵帶去參加百樂餐的話，大概那華人同學就不會說三道四了吧。

兩三年前的夏季，有一天，老公端出來的素麵蘸汁，看樣子跟平時不太一樣。他說，是一個電視節目中介紹的山形縣風味素麵蘸汁，聽別人說很好吃，所以要試一次。原來，位於日本東北地區的山形縣有一種特別的冷素麵吃法，乃把罐裝的鯖魚放入湯汁中，把麵條蘸著吃的。試一試的結果，我們都覺得滿不錯。畢竟鯖魚是味道很濃厚的一種魚，大膽放入湯汁中，本來性格淡薄的蘸汁都變得夠有性格了。

我心裡想：太可惜了，當年在加拿大，如果我能做這山形縣風味冷素麵帶去參加百樂餐的話，那個華人同學說不定還會豎起大拇指來讚揚了。同時，也有可能，鯖魚味道濃厚的蘸汁嚇壞了西洋同學們。畢竟，北美主流人士很多都不大吃海鮮的。記得有一次，我做壽喜燒牛肉鍋招待幾個朋友，就是因為我說了調料中含有一點柴魚湯，使部分人害怕起來，戰戰兢兢煩惱一番後，才敢動筷子。所以呢，沒有嚇壞派對客人中的主流人士，也許已算是成功了。古人都說：人生萬事塞翁馬；雖然我不知古人所說的萬事之中包不包含給外國人吃冷素麵一事。

1. 雞白肝芙朗是一種開胃熱菜。芙朗一詞一般指布丁一類蒸過的甜品。可是，這一道倒以雞肝為主材料，煮熟磨碎後加奶油蒸的。
2. 烘烤豬五花肉配小扁豆。

完全雜食世代
——街坊外國菜

二十一世紀的日本人早就脫離了祖先們專門吃海鮮、蔬菜、大米的飲食習慣，如今完全是雜食的。

根據網路飲食頁的調查，日本小學生愛吃的食物，第一名是咖哩飯，第二名是壽司，第三名是炸雞塊。第四名到第十名則是：漢堡肉餅、炸薯條、拉麵、烤肉、蛋包飯、披薩、炒飯。其中說得上是傳統日本菜的只有第二名的壽司，其他全都是日本化的外國菜。

咖哩來自印度；炸雞塊（日語稱「雞唐揚」）、炒飯來自中國；漢堡肉餅、炸薯條、披薩來自歐美；烤肉來自韓國。至於拉麵，很多日本人相信是源於中國的。蛋包飯呢？應該是歐式炒蛋和中式炒飯在異國日本相遇而結合的吧。

小朋友的口味無疑反映出他們家的伙

食來。其實，三十多年前，昭和時代舉行的少年民意調查結果，跟這一次的區別並不很大。當時上榜的另有可樂餅、炸豬排、焗烤，都不是傳統日本菜。當年的小孩子們如今成了爸媽，讓下一代吃的食品，果然以日本化的外國菜為基調。

說實在，我們在日本生活，出外吃的東西，有一半以上屬於外國菜。雖然有時會上蕎麥麵店、壽司店、天婦羅店、燒鳥店，但一樣常去韓式烤肉店，以及法國、義大利、俄羅斯等歐洲風味餐廳。也就是說，二十一世紀的日本人早就脫離了祖先們專門吃海鮮、蔬菜、大米的飲食習慣，如今完全是雜食的。

最近老公過生日，我問了他想去哪裡吃什麼慶祝？答案果然是家附近的法國餐廳「里昂之天空」。當我匆匆打電話訂位時，他還從我背後特意叮嚀說：別忘記預訂雞白肝芙朗喔！

雞白肝芙朗是一種開胃熱菜。芙朗一詞一般指布丁一類蒸過的甜品。可是，這一道倒以雞肝為主材料，煮熟磨碎後加奶油蒸的。日本人吃外國菜，主要想享受當地菜缺少的肉類。我們去「里昂之天空」，點了三種開胃菜、兩種主菜，都是吃肉的。

先上桌的是豬肉醬（rillettes），其次是用多種肉做的法式醬糜（terrine），跟著就是老公的至愛雞白肝芙朗（flan），樣樣都極配法國紅酒。主菜之一是里昂名菜牛百葉吉列（tablier de sapeur），之二是烘烤豬五花肉配小扁豆。一家四口到底吃了多少斤肉，我連想都不敢去想了。

晚餐差不多結束的時候，主廚出來打招呼說：我從里昂留學回來，開這家店已經十七年了。

記得那是我們剛結婚搬到這社區來，老大還上幼兒園的時候。

後來，每一兩年，我們都回到這裡嚐嚐別處沒有的美味；結果，兩個小孩都從小吃里昂菜學會享受法國風味了。正如他們也在社區裡的小館子學會吃義大利菜、俄羅斯菜、印度菜等。這樣的飲食生活跟上一代、上上一代的日本人很不一樣。我很好奇：是否也跟其他國家的人不一樣？還是如今無論在哪個國家，大家都跟我們一樣雜食了嗎？

1. 牛排鐵板一般加熱的大瓦片上烤一烤茶蕎麥和蛋皮絲等，吃食時要蘸一下稍酸味的湯汁。
2. 只有五公分長的小魚「平太郎」，看樣子挺可愛，吃起來又美味，特別下山口名酒獺祭。

山口縣的「超辛苦」

我們住在東京，往往誤會東京就是日本。其實，大錯特錯。日本各個地方仍然保持著當地特色，在飲食上、在語言上……

順便介紹一下另一家街坊館子。這家店叫做「ぶちえらい」（buchi-erai）。當我第一次聽老公說去了一家「ぶちえらい」，完全搞不懂是什麼意思。

老公解釋說：那是一個年輕小伙子開的店，人家出身於山口縣，用地方話取了店名，據說是「超辛苦」的意思。

原來如此。我依稀有印象關西人用「えらい」」（erai）一詞來表達辛苦的意思。前面的「ぶち」應該是意味著「非常」的副詞。總之，第一次聽到時，我連一點線索都沒有。不過，用東京人聽不懂的地方話來取店名，是滿有意思的。

如今日本的飲食產業越來越被大財團

壟斷。幾乎每一個火車站附近都有連鎖性的牛肉飯館（吉野家）、定食店（大戶屋）、居酒屋店（庄屋）等，就像幾乎每一個火車站附近都有麥當勞和星巴克一樣。經過專業的市場研究開發出來的餐館模式，果然具備種種的成功因素：平均化的菜單雖然缺乏變化，但是容易保持商品水準；定期並大量地採購材料，以便壓低成本；在中央廚房裡進行一半的加工後運到各家分店去。結果，在每一家的廚房裡，即使只有寥寥幾個工讀生，都能把乍看滿不錯的料理端出來。至少表面上物美價廉的程度不是個人開的小店能比的。

所以，聽到有一個外地出生的年輕人，竟然在火車站附近的好地段開了一家居酒屋，而且人家取的店名是東京人聽不懂的「ぶちえらい」，我就壓不住好奇心，非得自己去看看不可了。

這家店位於火車站對面大超市隔壁的大樓二層，裝飾簡單但有性格，最特別的是菜單上和牆壁上，到處貼著用東京人不懂的山口方言寫的話。山口縣在哪裡？我們小學上課時都學過它在本州島最西端，隔著關門海峽觀望九州福岡縣。但它既不是京都、奈良那樣的古都，也不是廣島、長崎那樣具有悲劇性歷史，所以東京人很少想到去那裡旅行。

當我正歪著頭皺眉的時候，年輕老闆從廚房出來打招呼。原來，他本是屬於東京六大學之一中央大學長跑隊的運動員。每年的一月二日和三日，花兩天舉行並直播全國的「箱根驛傳賽」，就有中央大學隊參加。應該是高中時在家鄉山口縣留下了可見的成績，方能加入全國有名的長跑隊。然而，越是強悍的體育隊，內部的競爭也越厲害。最後，山口來的青年直到畢業都沒機會代表母校參加大賽。儘管如此，顯然從挫折中磨練出了少見的精神力，才三十歲左右就開了一家店。這在如今的日本社會，算是一件很不簡單的成就。

「ぶちえらい」的招牌菜叫做「瓦蕎麥」，是在牛排鐵板一般加熱的大瓦片上烤一烤茶蕎麥麵和蛋皮絲等，吃時要蘸一下稍酸味的湯汁。我們在東京，從來沒聽說過有這樣的食品，但是年輕老闆說，在老家山口縣是挺有名的，因為有追溯到明治時代的西南戰爭，山口部隊追打西鄉隆盛等人的歷史典故。

是啊是啊，山口縣是江戶時代的長州藩，是最後推翻了德川幕府的「薩長土肥」（薩摩、長州、土佐、肥前）四個藩之一。結果在明治政府的要人中有不少是長州人。啊，我都記起來了：日治時代的台灣總督有四分之一是長州人，例如乃木希典、兒玉源太郎……其實，現任首相安倍晉三也是長州人，近年來曾邀請俄羅斯的普京、台灣的蔡英文等外國領袖到山口縣老家去了。

講回佳餚美酒，除了「瓦蕎麥」以外，這一家推出的烤魚乾也很特別。只有五公分長的小魚「平太郎」共十條，在一個小盤子上整齊地躺著給端出來，看樣子挺可愛，吃起來又美味，特別下山口名酒獺祭。

對了，山口縣就是這一牌名酒的產地呢。而且在居酒屋的洗手間牆上貼著早逝的女詩人金子美鈴的一首詩，果然她也是山口人。

我們住在東京，往往誤會東京就是日本。其實，大錯特錯。日本各個地方仍然保持著當地特色，在飲食上、在語言上……原長跑隊隊員看出來這一點，用家鄉話取店名，推出家鄉菜和家鄉酒，果然跟其他居酒屋的區別很清楚。後來，沒幾年功夫，他又多開了兩家店，如今是三家食肆的老闆了。長州人真不簡單。

李子的名字

日語的酸桃是華語的李子。但不知為何，在我小時候的日本，酸桃不叫酸桃而叫plum。

在大學一年級的初級漢語班，學到了數字和九九乘法表以後，我就叫日本同學們試試說：西施死時四十歲。

那是我第一次去香港旅行的時候，當地朋友們要考我的普通話發音而出的題。幸虧我的中文是跟北京來的老師們學的。他們對捲舌音的發音要求特別嚴格，好讓我一輩子都不會忘記怎樣發出「施」「時」「十」來。

大學一年級的學生們年紀才十八、十九歲，很多都還滿孩子氣的。他們很喜歡挑戰一下說「西施死時四十歲」。結果，往往都成為「似似似似似似似」，然後大家哈哈大笑；課堂上的氣氛一下子放鬆下來，也不壞。

叫他們理解這是一種繞口令，我會舉日文的例子說：就像「すもももももも」（su-mo-mo-mo-mo-mo-mo）啦。

「すもももももも」是在日本無人不知的繞口令。翻成中文，便是「酸桃和桃子都屬桃子」。有一點像在陳可辛電影《親愛的》裡，黃渤飾演的父親要教兒子的陝西方言繞口令「媽媽的哥媽媽的弟都是舅」。

日語的酸桃是華語的李子。但不知為何，在我小時候的日本，酸桃不叫酸桃而叫plum。恐怕是第二次世界大戰以後，從美國引進新的品種來，為了跟原有的日本酸桃分別，用起英文名字plum的。就像日本土產的櫻桃叫「櫻坊」，從美國進口的卻叫「車厘」；或者本地產的「鮭魚」，從歐美進口時改稱為「三文」一樣。

當年偶爾會吃到母親從水果店買來的plum。比桃子小，不能分吃，只好一個人吃一個。心中充滿期待地咬住，雖然皮下有一層甜蜜的果汁，但是很快就咬到酸酸硬硬的果肉。難怪孩子們對plum不怎麼有好感。父親會說「這就是酸桃吧？」母親則曖昧地歪頭，恐怕她自己都搞不懂。

奇怪的是日文裡一直存在著「李」字。比方說，傳自中國的成語「桃李不言，下自成蹊」在日本中學的語文教科書裡會出現。東京甚至有所私立學校叫成蹊學園，乃安倍晉三首相從小學讀到大學的母校，很多日本人會猜想那校名應該是取自中國成語的。最近也有男演員叫松坂桃李，父母給他取的名字不會指水果，日本也沒有取小名的習慣，應該是期望兒子培養出「下自成蹊」的人格吧。

最近在大學的漢語教科書上，我發現有個生詞是「李子」，旁邊的語義寫成「酸桃」。我怕學生們不懂，特意加了一句「也就是水果店賣的plum」。未料有一個女同學舉手說「老師，水果店賣酸桃，好像不用plum這名稱」。其他同學都點頭同意，叫我一時目瞪口呆。看來這些年，日本的水果市場上「酸桃」這名稱又復活，同時開始把紫色橢圓形的「西洋李」叫做「prune」了。

不僅如此，日本繞口令「すもももももももも」實際上跟事實有出入。李子是薔薇目薔薇科李屬李亞屬，桃子則是薔薇目薔薇科李屬桃亞屬。水果專家都說兩者是兩回事。是從前的日本人不知道嗎？還是其實跟「西施死時四十歲」一樣，本來就是缺乏事實根據的繞口令而已？

御中元的禮物
——岡山白桃子

岡山據說是童話人物桃太郎的故鄉。我有一次去那裡旅行，在火車站廣場就看到了實物大的桃太郎模型，印象頗深。

日本歷來有夏天和冬天送禮聯絡感情的習俗。七月分送的叫「御中元」，十二月送的則叫「御歲暮」，都是從下送上，有請多多包涵的意思。

記得小時候陪母親去百貨公司送出好幾十個「御中元」「御歲暮」。當年流行送有重量的禮物：啤酒、食用油、洗衣粉等。我家也有反過來被送的禮物。夏天會有「水羊羹」、果凍之類的冰涼甜品。冬天則會有泉屋、文明堂等著名糕點店的罐裝餅乾、長崎蛋糕等。當時的孩子們都心中滿期待的。

後來社會上颳起一股「廢止虛禮」風，很多人都不再每逢「御中元」「御歲

看其完美的長相，嚐其完美的味道，我還是衷心高興的。於是不敢一下子吃掉；每天早上剝開一顆吃一顆，就能慢慢享受一個星期了。

暮」一定送禮物了。如今我送禮的對象只有娘家和婆家，各送一箱鰻魚而已。

未料，這兩年我倒開始收到「御中元」禮物。

七月底有一晚，宅配員送來了一個寄自瀨戶內海邊岡山縣的紙箱。看看寄件人的名字，原來是我的中國朋友ＹＹ。她是個年紀輕輕的商學專家，兩年前來日本客座半年，其間積極尋找工作機會，順利地找到了國立大學的專任職位。在專業方面的成績可觀當然不在話下，更重要是她的英文好、溝通能力強，都是她的日本同行們贏不過的。

如今的日本大學，在政府文部科學省的指導下，非得雇用一定比例的外國籍教員，也得開一定比例用英文教學的課程不可。然而，在各所大學掌握人事權的是保守的日本歐吉桑們，對他們來說，雇請金髮碧眼的歐美學人精神壓力太大，反過來看中國女生，視覺上、心理上，容易接受得多。結果，年輕有為的中國籍女性學者們，這些年紛紛得到日本各大學的職位。

你若有機會跟ＹＹ聊天，我保證很難不喜歡她的。屬於獨生子女一代，從小被父母和雙方祖父母寵愛；成長在國家經濟迅速發達的年代，相信明天只會比今天更好。再說，出國留學時期，親身體驗過西方社會體制和中國體制的不同，在父母的規勸下，尋求在國外找工作留下來的途徑。

我只是在她客座時期，見過面、吃過飯罷了。可是，去了岡山以後，她看到當地土產白桃上市，就給我送一箱來。岡山據說是童話人物桃太郎的故鄉。我有一次去那裡旅行，在火車站廣場就看到了實物大的桃太郎模型，印象頗深。

岡山其實離大阪不遠，坐新幹線用不著一個鐘頭。再說，面前的瀨戶內海，波浪平穩，小島散布，簡直像庭園式盆景一樣美麗，而且能嚐到新鮮海味。總的來說，是一個相當不錯的地方。儘管如此，從ＹＹ發來的電郵，我察覺到小地方有小地方的限制，尤其對長期在大城市生活過的年輕人來說。

一般而言，我認為送「御中元」「御歲暮」都大可不必。可是，收到ＹＹ寄來的白桃，看其完美的長相，嚐其完美的味道，我還是由衷高興的。於是不敢一下子吃掉，每天早上剝開一顆吃一顆，就能慢慢享受一個星期了。

花時間享受一頓
——土用丑日鰻魚日

看著孩子們匆匆吃完一頓大餐，我才曉得，人老了就是需要時間來享受美食的。

據說，日本最老的廣告文案家是公元十八世紀，江戶時代的奇才發明家平賀源內。他寫的「本日土用丑日」至今在日本仍膾炙人口。

「土用」本來指立春、立夏、立秋、立冬之前的十八天，也就是一年裡會有四段「土用」。不過，源內揮筆寫了「本日土用丑日」的廣告旗子插在江戶一家鰻魚店前而吸引了眾多顧客之後，代代日本人都認為：立秋前的十八天才是要緊的「土用」，期間中的丑日就非得吃鰻魚不可。

吃鰻魚補一補的習慣，在日本是早就有的。因為鰻魚的時令是冬天，昔日的人們主要在冬天吃鰻魚補一補。可是，對鰻

代代日本人都認為：立秋前的十八天才是要緊的「土用」，期間中的丑日就非得吃鰻魚不可。

魚專門店來說，到了夏天就賣不出多少鰻魚是個很大的問題。於是找了當年江戶城聞名於世的創作家平賀源內，請他幫忙寫句廣告文案。結果他只寫了「本日土用丑日」，人們卻自動推想了歇後語的後一半。從此，暑伏丑日吃鰻魚飯成了整體日本人的習慣。

我小時候吃過的鰻魚，只有父親從位於新宿的連鎖店「登亭」購買後外帶回來的鰻魚便當。打開還暖暖的黃色包裝紙，從裡面散發出鰻魚飯甜甜的香味來，好令人興奮。後來我上了大學以後，有年長的朋友帶我去池袋火車站附近的鰻魚專門店，我才第一次知道原來世上有白燒鰻魚這玩意兒，蘸著哇沙米醬油吃，尤其喝著大吟釀冷清酒，實在好吃到不敢相信的地步。

這些年，我去過的鰻魚專門店有：東京神田和日比谷的菊川、荻窪的東家，以及濱松、川越、岡谷等名產地的鰻魚餐廳。除了紅燒鰻魚飯和白燒鰻魚以外，店家也經常提供鰻魚肝串燒、蛋卷鰻魚（うまき）、涼拌鰻魚黃瓜（うざく）等小菜。

問題是，過去十年在物價穩定的日本，只有鰻魚的價錢越來越貴，已經翻了一番了。鰻魚本來就不便宜，翻了一番以後，一個人起碼四、五千塊日圓的消費，屬於平民百姓的食品中，最貴的一項。再說，同樣價目，如果用在義大利餐廳或迴轉壽司店的話，就可以花兩個鐘頭慢慢享受美食吧。可是，鰻魚嘛，雖然料理起來需要點時間等候，上桌後反而快得要命。一個鐘頭以後走出門來，肚子是飽了，心情方面卻不一定。

於是，從各個角度著想，今年我決定在家裡做一頓鰻魚餐。事先把冷凍的紅燒鰻魚和白燒鰻魚採購好，到了土用丑日，再去魚店補買鰻魚肝和另一串用來做小菜的紅燒。回到廚房，先煮飯，準備泡菜，拿點鰻魚肝來做清湯（肝吸い）。把買來的一串蒸熱切小後，再跟黃瓜片一起用三杯醋來拌一拌。等米飯煮好了，給兩個小孩端出媽媽製鰻魚餐來；至於老兩口呢，先吃點串燒、白燒、涼拌，同時喝點清酒，不亦樂乎。看著孩子們匆匆吃完一頓大餐，我才曉得，人老了就是需要時間來享受美食的。

8

八月

立秋／處暑

東京馬來西亞菜

至今多數日本人對馬來西亞菜根本沒有概念，不知道叻沙、沙嗲、椰漿飯、肉骨茶、海南雞飯是怎麼回事。

東京有很多外國餐廳，其中最多的是賣美國、中國、韓國、義大利、印度風味的館子。中學生結伴去吃漢堡；全家聚餐常到中餐館包廂；小家庭週日的晚餐要去吃韓國烤肉；年輕情侶拍拖會去義大利餐館；想吃得特別、吃得飽就去印度餐廳。

曾經一時，日本也流行過東南亞風味餐館。忽然間，東京街頭出現很多泰國餐廳、越南餐廳。結果，不少日本人學會享用香菜、檸檬香茅、魚醬等充滿異國情調的香料、調味料。如今，日本人大多把香菜借用泰語發音叫做「phakchi」，也把魚醬叫做「nampla」。有部分人愛吃香菜愛到走火入魔，導致銀座開了一家香菜專門餐館。這家「PHAKCHI JO'S」推出香菜沙拉、香菜披薩、香菜炒飯、香菜牛排、香菜餃子等等，真不知泰國人去了會有什麼感想。

儘管如此，卻有一種南洋菜，在日本一直不怎麼出名。那是馬來西亞菜，好像整個東京都沒有十家專門店。於是至今多數日本人對馬來西亞菜根本沒有概念，不知道叻沙、沙嗲、椰漿飯、肉骨茶、海南雞飯是怎麼回事。想想馬來西亞近幾年是日本人退休以後最希望去長居的「樂園」，這其實是有點奇怪的現象。

我有機緣去過馬來西亞幾次，對當地的風土民情很有好感。最近東京澀谷青山通的一家小劇院連續播放馬來西亞電影；乃已故女導演雅絲敏・阿莫生前拍的六部影片。過去兩年，我看過她的最後一部《戀戀茉莉香》和第二部《單眼皮》，這回要看另外四部加上我最喜歡的《戀戀茉莉香》。結果在三個星期裡去了五次青山通，出乎意料地發現了離戲院（Image Forum）走路才一分鐘的地方，有家難得的馬來西亞餐館就叫Malay Asian Cuisine，而且水平滿高的。

尤其是他們的午飯套餐很吸引人。除了任選一種主菜外，還有自助的沙拉、雞湯、冷飲、熱咖啡、甜品，價錢一千塊日圓，是非常划算的。我總共去了三次，吃了叻沙、牛肉咖哩、馬來雞飯；另外還有馬來炒飯、馬來炒麵、椰漿飯。感覺上，一週去五次都沒問題。果然，顧客中不僅有附近公司上班的日本人，也有在東京工作或來旅遊的馬來西亞人。

雅絲敏的電影，每部都有不同的風格。如果她沒有才五十一歲就中風去世，肯定還能拍出許多好作品來，其中一定有一些傑作。她最後一部《戀戀茉莉香》是我這半輩子看過的影片中，絕對能進前五名的佳作。評論家說：雅絲敏作品裡的馬來西亞是理想化的國土。儘管如此，在不同影片中出現的可愛女主角Orked，以及上了年紀仍像年輕情侶般親親抱抱的她父母，光是在銀幕上看到都叫觀眾對人生充滿希望的。

去看馬來西亞電影，意外發現馬來西亞餐廳，這也算是機緣吧，叫人珍惜不已。

夏天的便當

清早做的便當到了中午才吃，中間有六個鐘頭時間。這些年，日本氣候有熱帶化的趨勢，做母親的不能不擔心：便當盒裡面的東西會不會壞掉？

看作家米果寫兒時回憶的散文《如果那是一種鄉愁叫台南》，覺得不可思議的是：台灣學童帶去上學的便當，都是在學校裡蒸熱後吃的。米果是少數的例外：每天中午母親把剛做好的便當直接送到學校來，就像李安電影《飲食男女》裡的朱爺爺。喔，多麼幸福的孩提！

據我所知，日本學校從來沒有蒸熱便當的設備。

日本的公立小學在第二次世界大戰以後，幾乎一直供應營養午餐。至於好不好吃、受不受歡迎，每個時代的學生都有說不完的意見；但是，至少對家長來說，不用擔心小朋友的伙食就是了。

東京的公立學校，提供午餐到初中畢業為止。上了高中就得自己想辦法解決問題了。具備食堂的高中不多，一般來講，至多賣麵包和飲料而已。為了省錢，也為了不讓寶貝挨餓，多數母親叫孩子帶便當上學。我都為了兒子做了幼兒園三年和高中三年的便當。幸虧，兩所學校都離家算近，做母親的早上五點半起床就來得及做便當。兒子在高中的一些同學，住得離學校很遠，六點前就要出門；他們的母親則很辛苦，要四點鐘就起床，做早餐、做便當，甚至開車把孩子送到火車站去。

清早做的便當到了中午才吃，中間有六個鐘頭時間。這些年，日本氣候有熱帶化的趨勢，做母親的不能不擔心：便當盒裡面的東西會不會壞掉？為了避免難堪的情況發生，無論是米飯還是菜餚，都等冷卻以後才塞進便當盒去。老人家說，白米飯中間塞一個梅乾就起反腐爛的作用，所以也塞一個吧。

我在日本「生協」（消費合作社）的商品單子上看到有一種「哇沙米紙」，乃吸收了哇沙米（山葵）成分的小紙片，據說放在便當盒內，可以防止食品腐爛。我買過，也塞過，但不知道實際上有沒有用。與其把「哇沙米紙」放在便當盒裡，倒不如把便當盒放在保冷袋裡吧。所以，每年夏天最高氣溫超過了三十度，我都會把便當盒跟保冷劑一起放進內側貼了鋁片的袋子裡。沒想到，有一天兒子回家埋怨我道：保冷劑太強力，導致便當盒中的米飯都凍結了！

總之，在我印象裡，關於便當最大的問題是如何防止腐爛，而關鍵在於如何保冷到午休時間。所以，看米果寫到在熱帶的台南，要把便當加熱吃，我一時覺得不可思議。這有點像看著楊德昌電影《一一》，發現台北的小學生趴在桌子上集體睡午覺，一個人逃走的洋洋出門時不換鞋子一樣（兩者都在日本學校裡是不曾發生的情形）。

另一方面，我知道日本有保溫便當盒。到了寒冷的冬天，不忍叫寶貝吃冷冷的便當，有些母親買來保溫便當盒。聽說，最近也很流行咖哩飯、牛肉飯等有湯汁的便當；果然是保溫便當盒不僅能保溫而且能密封，促使午餐內容多樣化。據廠家說明：放進盒子中的飯菜湯水只要最初有六十五度，就不用擔心會腐爛，因為壞蛋細菌的活動溫度是在三十度和四十度之間。

原來，食品並不是溫度高了就開始壞掉的。從三十度到四十度，人類覺得難熬的溫度正是對細菌來說活動能力最強的環境。在曾經溫帶的日本，氣溫很少到三十度，所以不用擔心便當內容物會壞掉。後來，氣溫開始超過三十度，大家拚命往冷卻、保冷的方向去努力。反之，在歷來屬於熱帶的南台灣，人們早就知道保溫加熱才是避免腐爛的途徑。於是，在學校裡都有把便當盒蒸熱的大型機器。那到底是多大的？我很好奇。

秋刀魚去哪兒了？

秋鮭的季節本該是秋天十月、十一月。現在才八月底卻已經在市場上看到秋鮭，該說是不尋常的現象。

八月下旬了。我去最喜歡的魚店「魚力立川店」逛逛。今天有什麼好魚吃呢？

每年這個時候，日本東北地方宮城縣產的秋刀魚該上市了。然而，今年似乎受了地球暖化的影響，秋刀魚不僅少之又少，而且小之又小，結果一條賣三百五十日圓。這是比往年貴三倍的價目了。平常一條又大又肥的秋刀魚賣一百到一百五十日圓之間才對。暫時不買也罷。

沒有秋刀魚，卻已經出現秋鮭了。這些年在日本魚市場上，一方面有挪威、智利進口的大西洋三文魚、鱒鮭魚做成刺身吃，另一方面也有日本傳統的銀鮭魚。當地產的銀鮭魚早前是專門加熱吃的。最近，為了跟進口三文魚競爭，青森縣等部分地區開發出來滅菌養殖能生吃的銀鮭。

日本國產銀鮭魚的價錢相對合理，我喜歡用奶油煎起來吃，或者做成北海道料理醬醬燒，乃跟胡蘿蔔、高麗菜、芽菜等蔬菜一起，用味噌、奶油邊燒邊吃的。鮭魚產地北海道，亦以牧牛聞名，所以當地名菜往往最後添入奶油畫龍點睛。

當地產秋鮭上市，同時也有新鮮鮭魚子上市。壽司軍艦卷上出現的鮭魚子，一年其他時候都用鹽醃後冷凍的。秋天跟鮭魚母親一起上市的新鮮魚卵，可以買回家後在鹽水裡鬆開，然後用清酒醬油醃個片刻。到了晚餐時間，下酒也好，下飯也好，總之是再高級不過的庶民名菜。

只是，秋鮭的季節本該是秋天十月、十一月。現在才八月底卻已經在市場上看到秋鮭，該說是不尋常的現象。猶如本來該帶領秋刀魚回日本海域的鰹魚（回鰹）早就自行回來，已有一段時間在魚店裡常見到。顯而易見，地球暖化使可憐的魚類把季節的概念弄糊塗了。

當然，最糊塗的是我們人類。七月底國人集體吃了一頓「土用鰻魚」餐以後，我每週去「魚力立川店」都看到大量冷凍的紅燒鰻魚。顯然是「土用丑日鰻魚日」沒有消費掉的存貨，拿出來擺著都賣得相當慢。也不奇怪，一條鰻魚能做成兩個人的晚飯，可即使是相對廉價的中國產也賣一條一千多塊，若是日本產的，個兒小很多卻比中國產的貴一倍。像我家四口子，至少需要買兩條鰻魚，也就得花五千多塊了。以這數目，其實可以買好多種刺身回家，連做成簡易版什錦壽司都完全可能。誰寧願早早買了紅燒後經冷凍，然後連續好幾個星期都重複出入冷凍庫的貨色？

日本菜市場上，魚類呈現的季節感跟水果一樣強，所以我才很喜歡逛魚店。然而這些年，一方面由於地球暖化，另一方面由於商業主義的過頭，上市的魚類逐漸失去了季節感。

回味台灣料理

這一個星期在台灣旅遊，注意到台灣人攝取大量的薑，大概跟悶熱的氣候有關吧。

去台灣一個星期，食物品種之豐富給我留下了深刻的印象。

先說台灣的早餐吧。燒餅、蛋餅、鹹豆漿、油條、白粥、地瓜粥、炒麵、湯麵、肉包子、菜包子、芋頭包子、叉燒包子、小籠包子、飯糰等等，實在五花八門，數不清。相比之下，日本的早餐基本上只有乾飯和吐司。嫌花樣少了，我家會吃沖繩式炒米線、義大利麵條，又或者中式、南洋式炒飯，但都不是當地傳統的。

台灣人午餐晚餐吃的很多食品，在日本也是吃不到的。例如，我們抵達台東當晚去吃的鵝肉。日本連鴨肉都很少呢，大多數人根本沒聽過鵝肉可吃。我們同時叫的炒菜，如薑絲炒大腸、炒鱔糊，甚至燙地瓜菜、A菜，也在日本從來沒吃過。

台東風味米苔目、豬血，也是日本沒有的。和多種豆類、粉圓類一起吃的豆花、剉冰，若在東京的話，只有台灣人開的幾家店供應，價錢要貴兩三倍。我們去成功鎮大海邊鑑賞「月光・海音樂會」，平生第一次吃到台灣原住民菜，例如烤全豬、紫米香腸阿拜等樣樣都很好吃。

往高雄的自強號上吃了台鐵雞腿便當。少吃肉的日本人想像不到居然把整整一根雞腿塞入便當盒裡吃；這不是聖誕節的大餐嗎？再說，台鐵車站便利商店賣的木瓜牛奶、西瓜牛奶，我們在日本也沒喝過。日本的牛奶只有鮮奶、咖啡奶、綜合水果奶。

熱帶水果的種類，台灣當然多很多了。這回第一次嚐到的釋迦真好吃。龍眼也是日本沒得賣。土產鳳梨的果汁特別多。

在高雄的第一晚，慕名去吃了牛老大火鍋。沒凍過的當地產牛肉很可口不在話下，牛百葉、牛心、牛舌都很新鮮、很軟嫩。我們平生第一次吃到了牛腰火鍋。在日本，吃到內臟的機會不多，何況是牛腰。日本和牛的腰到底都去哪兒了？

在高雄，第二天的午餐，吃了棧貳庫小紅食堂的牛肉麵。你相信日本吃不到牛肉麵嗎？吃完了坐渡輪去旗津，拜媽祖，買幾包烏魚子，然後在海鮮一條街用餐。烏魚子在日本幾乎屬於傳說；流通量少，價錢昂貴，很多人只聽過而沒吃過。沒錯，日本人常吃海鮮。但是，快十八歲的女兒那天平生第一次吃到了白煮蝦。至於海瓜子、小卷、海螺，日本雖然有類似的食材，但是做法不同，風味也很不一樣。台灣到處都有，但在日本就是沒有的食品，金瓜炒米粉也是其中之一。

來了台灣，小女生想盡情喝珍珠奶茶，但是知道粉圓卡路里高，所以坐高鐵，她只買珍珠奶茶和草粿，不買便當。台灣的麻糬比日本的軟，花樣也更多，有花生、芝麻、綠豆，甚至鮪魚餡的，特別討女生喜歡。

台北是我們來過最多次的台灣城市，自然最熟。第一晚，去南京西路新光三越後面巷子裡的采岩堂麵館。特地去吃的是怪味抄手麵。抄手應該是四川話餛飩的意思吧；我很久以前在成都吃過紅油抄手。台北這一家做的抄手、麵條都很好吃。雖說是餛飩，內容很豐富，有如香港蝦雲吞一樣大，和扁扁的福建扁食不一樣。但是，傳到日本來的餛飩又偏偏是福建扁食，含肉量不多。采岩堂的炸響鈴（炸餛飩）、牛肉捲、小菜如拍黃瓜、涼拌牛蒡等，樣樣都很不錯。

台北第二天早上，沒訂酒店早餐，去附近的雙連朝市買水果和包子（鹹的和甜的），老公也要吃鍋貼。中午則去龍山寺附近的周記肉粥，除了肉粥以外，再點紅燒肉、花枝、茭白筍沙拉、燙芥藍。日本沒有茭白筍、芥藍，想起來都奇怪。拜拜完了就去附近的龍都冰店吃招牌的八寶冰，三個人分一碗吃恰合適。

晚上要吃台菜，於是從松菸文創園區到欣葉信義新光三越店去。點了花枝丸、菜脯蛋、脆皮大腸、潤餅、蚵仔豆腐湯，以烏魚子炒飯畫龍點睛。在台灣並不稀奇的吧？只是在日本全吃不到。

最後一天的早上，到酒店附近的世紀豆漿大王買飯糰和小籠包。說要外帶，店家就送醬油、辣椒醬、大量薑絲。這一個星期在台灣旅遊，注意到台灣人攝取大量的薑，大概跟悶熱的氣候有關吧。中午，出版社請我們吃北京烤鴨。除了烤鴨兩吃，還有銀杏百合、雞絲豌豆、干貝絲瓜等，回日本再夢想都吃不到的美味。

在台北能吃到中國各地的風味，這無疑是優勢；反之，在日本要吃中餐，基本上只有大雜院式的「中華料理店」，叫我覺得不如自己炒來吃。

兩個月的新鮮期
——毛豆和玉米

新鮮玉米的季節跟新鮮毛豆的季節一樣短。七月和八月，大約兩個月而已。

到了夏天，我每星期至少吃一次毛豆。應時的毛豆，味道跟冷凍的完全不同。我雖然特別愛吃豆類，但是從來不想特地吃冷凍的毛豆。

老公專門愛吃肉，對蔬菜等食物，幾乎沒有興趣。去烤肉店時，專門點肉，若有伙計問：需不需要蔬菜？他會不高興的。那並不是說他不吃蔬菜。在家裡，我做的他吃，他自己也做給別人吃。只是對他來說，蔬菜好比是繪畫中的背景一樣，永遠不會成為主題。

儘管如此，有一種蔬菜類，他會主動買來吃。那是玉米。夏天應時的玉米，特別甜，很好吃，一個人吃一根很輕鬆，完全沒有問題。日本人吃玉米，一般都是水煮吃的。夜市上有賣蘸醬油烤的玉米，吃起來很香；但是，自己在家要蘸醬油烤玉米，容易燒焦，不好做。最近，老公把買來的玉米去皮後直接放在烤箱裡，十分鐘就會烤熟，這做法最簡單也最好吃。

日本人吃玉米，一般是擱鹽吃的。我在加拿大居住的日子裡，學會塗奶油吃。夏天的加拿大，大量玉米上市。記得暑假裡開車去鄉下度假，公路兩邊不時出現男女中學生一袋一袋地賣玉米的攤子。他們是農家的孩子，幫父母賣農產品；大概是自己賺的錢可以當零用錢放在口袋裡。

回到日本，玉米是一根一根賣的。一百塊日圓能買到完美的一根玉米。看起來無瑕疵，味道也很甜。烤熟了以後，連擱鹽都多餘，更何況奶油，直接吃就夠好吃了。

新鮮玉米的季節跟新鮮毛豆的季節一樣短。七月和八月，大約兩個月而已。毛豆的退場是階段性的：從普通毛豆到茶豆到黑豆，花半個月時間漸漸退場。相比之下，玉米走得很突然。有一天，老公去超市發現：今年的玉米季已經過去了。不用傷感嘛，到了明年會再回來的。暫時吃冷凍的怎樣？不。他喜歡的是新鮮的玉米。再說，那是他唯一主動喜歡吃的蔬菜類。

茄子的味道

以前的日本家庭，經常烤魚吃，當年要烤茄子也很方便，烤熟了以後，馬上放入冷水中，去掉焦黑的皮，切成小段，擱上薑泥醬油吃。

根據民意調查，日本小孩子喜歡的蔬菜，第一名是番茄，第二名是黃瓜，第三名是馬鈴薯。這個結果大概跟他們常吃沙拉有關係。馬鈴薯對小朋友們來說，要麼是炸薯條或者是馬鈴薯沙拉的材料。

另一方面，他們不喜歡的蔬菜，第一名是青椒，第二名是茄子，第三名是番茄。這個結果恐怕也跟他們常吃沙拉有關係。例如青椒，做父母的以為生吃都無妨，於是乾脆放入沙拉中去，卻被小朋友們拒絕。茄子也可以生吃的，日本傳統的鹹菜糠漬中，就有生茄子。然而，不能否認生茄子的口感有點特別，無不像吃海綿似的。

我家兩小孩，從小不大有偏食的問題。然而上了高中後，有一天都告訴我道：最近才吃出茄子的味道來了。

原來，他們小時候吃茄子，並不覺得好吃，只是不排斥而已。於是，我想起來第一次成功叫老大吃茄子的時候。那天，我是按照日本食譜做了「利休茄子」的。

利休是日本茶道創始人千利休。他除了樹立茶道程序外，還寫下了一些適合請客的菜餚做法。做「利休茄子」時，首先去掉茄子皮，然後切小，用少許麻油炒一下，再加清酒蓋上鍋蓋，小火燜到茄子變軟。等稍微冷卻，在擂缽裡，混合芝麻醬、味噌、醬油、糖和醋，最後放入茄子攪拌好就成。

叫小孩子吃蔬菜，往往需要食用油和調味料的幫忙。孩子們還小的時候，經常有油炸或者韓式冷拌的蔬菜上桌。世界著名的炸薯條不在話下，南瓜、蘑菇、秋葵、蓮藕等等切小後油炸，再撒上鹽和蒜頭粉，孩子們會吃得高高興興。至於韓式冷拌，則可以用菠菜、高麗菜、空心菜、茄子、牛蒡、四季豆等等，幾乎任何蔬菜都切小水煮瀝乾後，用麻油、胡椒鹽或者醬油、醋調味，再撒下點芝麻，孩子們也不會提出抗議的。

日本式的茄子食譜，最普通的是天婦羅和燒茄子。後者其實還有烤茄子和炒茄子之別。以前的日本家庭，經常烤魚吃，當年要烤茄子也很方便，烤熟了以後，馬上放入冷水中，去掉焦黑的皮，切成小段，擱上薑泥醬油吃。只是如今日本廚房中的火爐，都根據消防局指示，有了感應式火力調整的功能，雖然防止火警有用，但是火力自動調整得一會兒大一會兒小，茄子烤熟以前，頗需要時間和耐心。

至於炒茄子，乃在平底鍋裡把茄子片炒熟後，一樣擱上薑泥醬油吃。記得曾經在廣州中山大學留學的日子裡，我平生第一次要炒茄子吃。結果，平底鍋裡的花生油被茄子片吸收得又快又多，叫我害怕透了。移到盤子上的茄子片，沒有熟透卻燒焦得燻黑，沒法子吃下。

我估計，對全世界很多人來說，如何用少量油來炒透茄子，一直以來是個很頭疼的問題。答案在於「利休茄子」的做法中：燜熟或者蒸熟，其實水煮都無不可。

兩小孩兒吃出味道來的茄子料理，首先是「揚出汁茄子」，即把切片後油炸的茄子，放入用醬油和味醂調味的柴魚湯（類似於天婦羅蘸醬）裡。吃的時候，再擱上薑泥和柴魚片。

到了八月底，茄子的季節逐漸開始結束。雖然如今一年四季裡都有茄子賣，可還是應時的蔬菜既便宜又好吃。我非得抓緊機會做的菜式是地中海風味的「木莎卡」，也就是茄子肉醬千層派，基本上是義大利菜千層麵的麵板以茄子片來代替。

首先要把茄子炒熟；我因為害怕會太油，於是拿出中式蒸籠來，把抹上了一點油的茄子片蒸熟。然後，在塗上了橄欖油的焗烤盤子裡，先放一層茄子片，再擱下肉醬、起司、優格。做焗烤，用兩種醬汁的效果會明顯更好。「木莎卡」的材料除了番茄肉醬以外，傳統上要用奶油、麵粉、牛奶做的白醬。我發現以優格來代替白醬，則能省事也能減卡路里，味道一點也不差。敷下了三層茄子、肉醬、起司、優格，最後放入烤箱裡，烤上半個鐘頭即可。晚飯開動的時候，把整個烤盤端上桌子，用刀切成一塊一塊，並跟中東式口袋餅一起吃，則加倍有異國情調了，雖然所用材料幾乎都是家裡常備的。

嫩薑與豆類

嫩薑不僅口感比老薑溫柔，味道也相對淡泊。可是，作為菜餚中的配角，味道淡泊不一定是弱點，反而會是優點。

今次去台灣，關於飲食印象最深刻的是：台灣人吃很多薑。

在台東的第一晚去了新生路綠屋鵝肉店，切好的鵝肉旁邊就有一大堆薑絲，是切得特別細的。然後叫的炒菜裡也幾乎都有薑絲，例如在炒大腸、海鮮炒麵、鱔糊等等之中。

一般日本人的印象裡，中餐必含蔥、蒜、薑。可是，在不同的地區、不同的年代，蔥、蒜、薑用的比例和量就會不一樣。比方說，在中國北方，蔥和蒜的存在感突出。早上在小館子裡吃著肉包子時，發現旁邊坐的中國男人，邊吃包子邊咬口生蒜，禁不住目瞪口呆了。在老電影裡，過去也有中國工人晚上回到自己的窩，一手拿著長長的蔥，吃一口蔥喝一口酒的場面。

日本人對臭味非常敏感。我在大學的一些同事，上課前不吃蒜頭，連前一天晚上用餐，都要迴避韓國烤肉等會含蒜頭的食品，為的是不讓學生們聞到嘴中留下的蒜頭味。他們若知道有些中國人直接就吃生蒜、生蔥，肯定鬧恐慌了。

相比之下，台灣伙食就溫柔多了。其中一個因素就是，在蔥、蒜、薑三兄弟中，薑弟活躍的場面比較多。這恐怕跟當地悶熱的氣候有關。另外，辣椒雖然處處可見，但是胡椒用得也相當多。跟廣東菜比較，吃台灣菜吃出胡椒味的頻率就高了。

回到日本去菜市場逛，我看到有賣嫩薑。以往買了嫩薑，我專門做成跟壽司一起吃的糖醋泡薑片（GARI）。這天，平生第一次想到：嫩薑其實可以當菜吃的。於是當晚做魚丸湯，把切成絲的嫩薑先放在碗底，然後灌湯水喝，效果滿不錯的。第二天蒸魚，也把嫩薑絲擱在魚肉上，果然吃起來特別鮮。第三天做印度式咖哩，不僅在咖哩汁中放入薑末，也把薑絲跟炸蔥頭、葡萄乾一起混合於米飯中。結果，自家製咖哩的等次好像上了一層樓似的。

嫩薑不僅口感比老薑溫柔，味道也相對淡泊。可是，作為菜餚中的配角，味道淡泊不一定是弱點，反而會是優點。這次的台灣之行，為我家伙食帶來了嫩薑這麼一種帥哥配角，我頗為高興。

我在台灣「發現」的另一樣魔法食品是豆類。這一次台灣之行，有十七歲女兒陪伴，而她恰好是對流行事物格外感興趣的年齡層。眾所周知，日本這些年非常流行台灣甜品，最紅的當然是珍珠奶茶。另外，台式豆花、剉冰店也在東京繁華區紛紛開張，並且在店前常常出現不短的人龍。我家十七歲少女一知道在台灣吃特色甜品，人龍也短，價錢也便宜，就宣布每天至少要吃一樣了。於是，這一次在台灣，我都特別注意哪裡有冷飲店、豆花店、剉冰店，而自己也陪她吃了一些。

結果發現，台灣甜品中，豆類跟水果爭風頭，簡直可當主角了。豆花是豆腐的妹妹，我早就知道。但是沒有想到，台灣豆花是由不同豆類錦上添花的。我以前在中國大陸、香港嚐過的豆花，似乎只加糖水吃。

在台東，我們把衣服帶去投幣式洗衣店。恰好附近有家豆花店，各點一樣甜品坐下來，邊聊邊吃完的時候，正好衣服都差不多洗好了。而那家的招牌豆花，就有紅豆、綠豆、花生、花豆、薏仁等等陪伴。我後來得知，在台灣，剉冰的配料也類似於豆花的配料，幾乎一半屬於豆類。在日本，媒體報導台灣甜品熱，一般就講到芒果以及粉圓的人氣多麼高，卻很少講到豆類。

日本沒有豆花，但是歷來有刨冰。然而，吃了一次台灣刨冰，日本刨冰就顯得太可憐了。因為我們從小吃的刨冰，雖然有草莓、甜瓜、檸檬、藍色夏威夷等等之別，但其實全部都是彩色糖水而已：顏色不同，味道一樣，吃完舌頭都染成紅、綠、黃、藍各種顏色了。

日本刨冰中，唯一「有料」的花樣是「宇治金時」。「宇治」是京都的一個地名，當地產的茶葉很有名，因此含有茶葉的食品，往往就叫「宇治」什麼的。「金時」本該是「金時豆」（大紅豆）的簡稱，但是一般來說，實際上為普通紅豆。也就是日本最高級的「宇治金時」刨冰，只是在冰沙上澆了一點綠抹茶糖水，擱了一點紅豆而已。哪裡比得上台灣的刨冰？

我們在台北去的萬華廣州道龍都冰菓專業家，所推出的無敵八寶冰，就添加了紅豆、大紅豆、綠豆、花生、芋頭、粉圓、芋圓、脆圓，最後還以牛奶布丁畫龍點睛。無敵八寶四個字，顯然是名副其實的。我的結論是：事關飲食，還是台灣人厲害。我以後不用在日本吃刨冰，更不用說豆花了。

台東餃子屋

二十年裡，台東市面上的變化滿大的。火車站遷址，高樓大廈林立，鐵花村等具有藝術性質的設施也不少。

這次去台東，其實是我們的第二次。二〇〇〇年初，我為了宣傳台灣出版的第一本書《心井・新井》而去台北幾天，工作結束後，跟老公、老大一起坐飛機去台東休假。

當時老大還不到兩歲，乃一個非常調皮的男孩子。若能把他留在日本，自己單獨出來工作不知方便多少。可當時他還沒有斷奶，晚上睡覺要吸奶；我不忍心一個人出門。結果算好呢還是算不好呢，很難說。人生往往是沒有選擇的。

當年台東給人的感覺，比今天偏僻很多。天空很大，常遇到原住民，不遠處有知本溫泉。我們印象最深刻的還是那位老人家，是一家餐廳的老闆。

帶著小朋友旅行，吃飯最重要是找他能吃的東西。當年老大喜歡吃的台灣風味有花枝丸以及水餃。於是在台東的幾天，我們重複去了離飯店不遠的一家小館；門口邊坐著小老闆，邊看店邊包餃子。

除了他以外，店裡還有大老闆和孫女，也是剛剛學會走路，看起來才一歲多。兩個小朋友連母語都還不會說，一起玩耍起來卻一點阻礙都沒有。大老闆對小朋友們的態度又嚴厲又和藹，而且內外無別，很有原則的。

當我家老大不吃飯而到處跑，大老闆會告訴他：先吃飯，然後再玩吧。當天開始變冷，大老闆則說：多穿一件衣服，免得著涼。看他那樣子照顧我家孩子，我心頭好熱，因為在東京，人和人之間的距離很遠，從來沒有一個外人那麼親切地對待我兒子。

這回，相隔十九年要去台東，老大已經大學三年級，不肯跟父母一起旅行了。還好有十七歲的老二女兒願意跟我們一起去台東。

在台東的三天，我們走了走老市區要尋找那家小館子。據記憶，好像在水果一條街和老火車站中間。可是，走來走去就是找不到。大概已經關門，房子都拆掉了。

過去二十年裡，台東市面上的變化滿大的。火車站遷址，高樓大廈林立，鐵花村等具有藝術性質的設施也不少。這次我得知：「鐵花」兩個字來自清末駐台東的官員胡傳的字，而胡傳就是胡適的父親。

第二次去台東，我們心中的好感沒有減少反而增加。環境美，人又好。其他還要什麼？我們只是懷念二十年以前去過的小館子，在那兒幫我們照顧小朋友的大老闆。

9

九月

白露／秋分

巨峰葡萄與新高梨子

日本種植的「新高」梨子，卻沒被迫改名，至今都稱為「新高」，而且被譽為全世界最美味的梨子。也就是説，「玉山」的舊名只留下在梨子身上。

不知不覺之間，西瓜和香瓜的季節已經過去了。這個星期，早餐上我家飯桌的水果是：桃子、葡萄、梨子。其中，桃子已經在時令之尾，既大又甜，但是果實較硬；我猜是從前專門用來做罐頭的品種。

有趣的是，在日本，桃子叫桃子，正如西瓜叫西瓜，但是葡萄就不叫葡萄，反而以個別品種稱之。

還在夏天的時候，領先上市的紅紫色小粒葡萄叫做「德拉瓦」（Delaware），乃美國俄亥俄州的一個地名；這種葡萄於一八五五年在當地出生。

九月初上桌的深紫色大粒葡萄則叫做「巨峰」。把一種水果，也不是西瓜那麼大型的水果，稱為「巨峰」，乍聽有點奇怪吧？查查這個專用名詞的來源，原來是：開發出這種葡萄的農園位於日本第一峰富士山南邊的靜岡縣。從事這項開發工作的農學家大井上康，每天望著靈峰，埋頭研究長達二十多年。一九四六年，他終於成功讓新品種生下來的時候，取名為「巨峰」。至今七十多年，現在日本生產的葡萄中，大約六成是「巨峰」。一樣大粒有深紫色皮的「貓眼葡萄」（Pione）也是由巨峰改良過來的。

我小時候吃的葡萄看樣子像是「德拉瓦」，小粒帶紅紫色的皮，可是吃起來味道酸，沒有「德拉瓦」那麼甜，再說還有籽。所以，邊吃邊要吐出皮兒和籽來。那種葡萄叫「甲州」，名字取於富士山北邊的名產地山梨縣的古名；現在還大量生產，但主要用來釀造日本產葡萄酒。

幾十年前的日本小孩子，吃著酸酸的「甲州」葡萄，非常憧憬水果店擺著賣的大粒品種。當年流行的大粒葡萄還不是「巨峰」，而是草綠色的「亞歷山大麝香」（Muscat of Alexandria）葡萄。有一段時間，它原先占有的市場位置簡直被「巨峰」奪走而獨霸了。然後，幾年前開始，市場上又出現了跟「巨峰」一樣大粒，皮卻呈草綠色，價錢相當昂貴的新品種叫「香印麝香」（Shine Muscat）葡萄。

「香印麝香」葡萄是日本政府農林水產省在廣島縣的農場上開發出來的。它是「亞歷山大麝香」葡萄和美國原產的「司特本」葡萄以及歐洲品種的「白南」葡萄交配而成的。果然是不同品種的優點集於一身，雖然價錢不俗，還是滿受歡迎。

至於梨子，在日本分為和梨、中國梨、西洋梨三種。圓圓如蘋果的和梨，看樣子就跟燈泡形的中國梨、西洋梨不一樣。和梨的口感本來比較硬，可是經過多年來的改良，現在口感、糖度、水分各方面都明顯改進了。

其實，和梨中還有紅梨和青梨之別。我小時候，鳥取縣產的青皮「二十世紀」很受歡迎。「二十世紀」那個名字，當年聽起來是很摩登的。即使到了二十一世紀的今天，「二十世紀」的生產量占為全國第三名，市場占有率達百分之十三。登在排行榜上的，此外都是紅梨了。

紅梨第一名的「幸水」（市場占有率百分之三十四），最早從八月底就開始上市；跟著上市的「豐水」（百分之三十）比「幸水」大，果汁也多。第三名「新高」（百分之十一）的名字取自台灣玉山（日治時代曾叫做「新高山」），從十月到十一月，深秋的時候盛產，往往一粒就有八百公克到一點五公斤那麼大。

一九二七年，當「新高」初問世的時候，台灣還在日本統治下。當時有規定：新開發出來的蔬果類名稱要用國內地名。由於這類梨子的品質突出，所以才借用了當時日本國內最高的山嶽「新高山」的名字。玉山海拔高達三千九百五十二公尺，比「巨峰」富士山還高出一百七十六公尺；經過甲午戰爭，台灣由清廷割讓給日本以後，據說明治天皇親自為國內第一山改的名字就是「新高山」。半世紀過去，第二次世界大戰以日本投降而結束，中華民國接管台灣；一九四七年，把「新高山」的名字改回了「玉山」。然而，在日本種植的「新高」梨子，卻沒被迫改名，至今都稱為「新高」，而且被譽為全世界最美味的梨子。也就是說，「玉山」的舊名只留下在梨子身上。

在一年四季吃到的水果中，梨子是唯一在我居住和上班的東京都西部、神奈川縣北部生產的。因為種植在東京三大河流之一多摩川兩邊，這一帶生產的梨子被統稱為多摩川梨。除了全國性的「幸水」「豐水」「二十世紀」「新高」以外，還有當地特產的「多摩」「稻城」等品種。

「多摩」和「稻城」其實也取自地名，兩個都是東京西部多摩地區的市鎮。

每年九月、十月，在我生活圈的火車站前、大馬路邊，常常看到臨時擺出來的攤子，豎立著「多摩川梨」的旗幟，大包大包地賣梨子。當地產的水果感覺很親切，再說一看就知道品質也不錯。只是，價錢不會便宜，再說一大包的梨子扛回家太重了。所以，實際上吃到「多摩川梨」的機會並不多。好在參加社區舉辦的秋祭廟會活動的時候，往往能吃到當場免費派發的當地產梨子。梨子果汁多，與其說是食物，倒不如說是飲料，而且是限定季節的。對我來說，「多摩川梨」的味道會喚起孩子們還小的時候，手牽手帶他們去參加秋祭活動的記憶。

每個季節都有的限定版——炊込飯

對我來説，每年秋天煮一次栗子飯，跟每年春天煮一次竹筍飯一樣，能做就做使家人高興，不能做就自己都有點可惜的年中行事。

松茸飯其實是日本多種「炊込飯」（炊き込みご飯）之一。

這種飯類似於台灣的油飯，也類似於香港的煲仔飯。可是，跟油飯不同，日本炊込飯用的是粳米而不是糯米。也跟煲仔飯不同，做炊込飯，要把切小的材料和調味料跟白米混合後加熱。日本另有一種「釜飯」則在做法上跟煲仔飯相似；尤其在鐵路信越線橫川站賣的驛站便當「峠の釜飯」多年來聞名全日本。

日式炊込飯獨特之處在於每個季節有加入應時材料的限時版本。比方說，春天的竹筍飯、豌豆飯、蠶豆飯，夏天的玉米飯、毛豆飯、茗荷飯、嫩薑飯，秋天的栗子飯、蘑菇飯，冬天的蚵仔飯等等。其中做起來最費事，可也最受歡迎的，非栗子飯莫屬。

栗子的季節很短，只有秋天幾個星期而已。炊煮栗子飯，先在溫水中把栗子泡過片刻，然後拿起菜刀把外殼和內皮一個一個地去除乾淨。這個過程至少需要半天。所以，做栗子飯當晚餐吃，說成是一整天的體力勞動並不誇張。

包括栗子飯在內，多半的炊込飯都只用昆布、鹽、清酒來調味。豆類飯、茗荷飯、嫩薑飯等均屬於這一類。另一些如竹筍飯、蘑菇飯、蚵仔飯等，則用醬油來調味，有時也倒入一點味醂來加點甜味。

也有一種「茶飯」，在東京往往配上黑輪關東煮來吃，其實沾不上茶葉，實為用醬油來加色加味的米飯而已。相反地，大阪人所說的「醬油飯」，遠不只是加了醬油的米飯，倒是內含雞肉、油豆腐、乾香菇、胡蘿蔔、牛蒡等多種材料，而且分量不少。我第一次看婆婆做「醬油飯」，把切小的材料在案板上堆得高高的，免不了受點文化震撼。

大阪的「醬油飯」也叫做「加藥飯」，翻成東京話便是「五目飯」了。日本菜的「五目」相當於中餐的「八寶」，也就是什錦、全家福的意思。

有一次在台北逛迪化街，看到了永樂市場外排隊的人龍，果然是要買油飯的。日本人煮糯米吃，最多是煮紅豆飯來慶祝什麼。市場上偶爾也看到賣糯米飯的攤商；商品種類除了含紅豆的「赤飯」外，還經常有「山菜強飯」，乃含有蕨菜等野菜的。日語中，把糯米蒸熟的叫做「強飯」，乃粳米「姬飯」的反義詞。在這兒，「強」字意味著「硬」或「老」，跟「姬」字所指的「軟」或「嫩」成對比。

對我來說，每年秋天煮一次栗子飯，跟每年春天煮一次竹筍飯一樣，能做就做使家人高興，不能做就自己都有點可惜的年中行事。花一整天煮栗子飯嘛，先要找時間，然後要找高品質的栗子。反正一年裡只有一次，花時間去做的栗子飯，希望做得好吃，叫大家吃得開心。

秋茄子不給兒媳婦吃

秋茄子不給兒媳婦吃？這到底是什麼意思？日本電視台，十年如一日地拿這一句來做綜藝節目的一個哏。

去旅遊逛市場很有意思。尤其在氣候跟本國不一樣的外國，看看當地產的蔬果加倍有意思。台灣因為處於亞熱帶、熱帶，很多蔬果長得比在日本大。例如，西瓜、黃瓜、四季豆……都比日本的既大又長。我們看到台灣茄子時，就因其長度誇張而吃一驚。

在日本，茄子一般認為是夏天的蔬菜。酷熱的暑假裡，中午在家中煮冷素麵吃的時候，若有茄子天婦羅陪伴，那就很高級了。或準備晚飯時，從家中糠漬桶拿出醃過的茄子來，用水洗一下，然後切成小塊吃，不亦樂乎。但是，也有人說，其實秋天的茄子水分多，比夏天的茄子更加美味，因而有俗語說：秋茄子不給兒媳婦吃。

秋茄子不給兒媳婦吃？這到底是什麼意思？日本電視台，十年如一日地拿這一句來做綜藝節目的一個哏。

有人說，秋茄子太好吃了，所以狠心的婆婆絕不給可恨的兒媳婦嚐一口。也有人說，茄子性涼，多吃會導致不孕。抑或說，茄子沒種子，代表不孕，不適宜年輕夫婦吃。

總之，一聽就充滿厭女思想的味道。我們不必理會，盡情吃美味的茄子就好。

相見恨晚的感覺
——鮭魚三吃

雖然市場上一年四季都看得到鮭魚，真正新鮮的日本國產鮭魚是只有秋天才能吃到的，因而有「秋鮭」的別名。

今年日本真沒有秋刀魚可吃，據報導東北地區的漁民出海都釣不到。沒有就沒有，雖然頗為可惜。

這些年魚店賣的海鮮比從前新鮮很多；以前非得加熱吃的不少魚類如今能夠生吃了，秋刀魚也屬於此列。不過，講到刺身的味道，能跟秋刀魚比的倒不在少數。秋刀魚最好吃的做法還是非鹽燒（烤）莫屬。

我小時候的日本家庭，每週幾次都吃烤魚，其中吃得最多的是鹽乾沙丁魚，乃當年物流未發達，獲得新鮮魚類不容易所致。把鹽乾沙丁魚在廚房瓦斯爐上頭烤起來，會冒出一整屋子的煙霧來。等沙丁魚烤熟了，全體都焦黑，吃起來既苦又鹹，叫人怕透了。所以，我這一代的日本人如今在魚店看到鹽乾沙丁魚（較大的「丸干」或較小的「目刺」）都敬而遠之，絕不會懷念它。

即使當年，秋刀魚總是烤新鮮的吃，而一般都不做成風乾鹹魚。果然，味道質感都高人一等。日本的傳統說書「落語」有個著名作品叫「目黑的秋刀魚」；故事裡，德川將軍在江戶郊區目黑的森林中狩獵，給當地農民招待，平生第一次吃到了鹽烤秋刀魚以後念念不忘。鑑於這一則典故，東京目黑區每年都舉行秋刀魚節，免費招待路人吃鹽烤秋刀魚。可是，今年得不到產地直送的新鮮秋刀魚，無法舉辦跟往年一樣的活動了。

沒有秋刀魚，還好有鮭魚。

雖然市場上一年四季都看得到鮭魚，真正新鮮的日本國產鮭魚是只有秋天才能吃到的，因而有「秋鮭」的別名。日本人仍然把國產而加熱吃的「鮭魚」和進口而生吃的「三文魚」分別看待。我這裡談的鮭魚是專門加熱吃的一方。

鮭魚在西方有崇高的地位。餐廳裡跟牛排一樣煎起來供應並收高價的魚類，只有鮭魚。回日本後，每年到秋天，在魚店裡看到了「秋鮭」，我首先想到的吃法，也是奶油煎。問題是日本魚店賣的魚塊，一般是七十到八十公克一份，做成salmon steak稍嫌太小。

看到了這個大小的鮭魚，求其次的做法是「鋁箔包」。這該是日本最有名的鮭魚生產地北海道的當地菜吧。把鋁箔紙疊成小盒子，底下先鋪洋蔥片、杏鮑菇片、胡蘿蔔片等蔬菜類，然後放鮭魚塊，上面再擱一湯匙清酒和幾滴醬油，封好鋁箔盒，在兩百度的烤箱裡加熱十五分鐘即可。上桌後，大家自己打開鋁箔盒，從裡面冒出蒸氣和香味來，算是具備活動性的樂趣了。

吃過了「鋁箔包」以後，下一次買到鮭魚，就要做「醬醬燒」了。這又是一道北海道菜。幾年前，我在東京兩國相撲館附近的札幌啤酒餐廳吃到而覺得滿不錯，後來幾乎每年都到了秋天便做一次「醬醬燒」吃。

做「醬醬燒」首先要準備醬，乃一百公克的白味噌加上六十毫升的清酒和一大匙的砂糖，在小鍋裡煮個片刻就好。然後把鮭魚切成小塊，用鹽和胡椒醃一醃。同時，把高麗菜、胡蘿蔔、洋蔥都切小，把豆芽菜洗乾淨後去水。

吃「醬醬燒」，最好在飯桌上邊做邊吃。等平底鍋熱了，先用油從帶皮的一面開始煎一下鮭魚片，然後加入蔬菜，等各材料都變軟了，再擱味噌醬和一塊奶油，蓋鍋蓋用小火燜兩三分鐘就好了。這道菜雖然很簡單，但是吃起來頗為美味，既下飯又下酒，叫人有相見恨晚的感覺。

先吃一次再說吧
——新宿中村屋的印度咖哩

在日本吃咖哩，一般就附上一種泡菜：福神漬。有多達六種配料而且還包括起司在內，以前吃的時候開心，這次再吃卻覺得滿好玩。

連續兩週去新宿看台灣老電影（陳玉勳導演的《熱帶魚》和《愛情來了》），想到順路去吃中村屋的印度咖哩。

一九〇一年開張的中村屋，據說是奶油麵包、中華饅頭、羅宋湯等外國風味在日本的發祥地。這是因為創業老闆相馬愛藏和黑光夫婦，是思想開通的文化愛好者。否則，他們也不會把千金嫁給印度的革命家，並且開始出售女婿家鄉的味道——印度式雞塊咖哩飯。

我從中學時代起，去過這家餐廳好多次。尤其出國漂泊後，偶爾回到日本來，因為對於新開的店不熟悉，就跟朋友約在新宿紀伊國屋書店手扶電梯下見面，然後去斜對面的中村屋吃飯聊聊。

然而，前些時，中村屋大樓改建，竣工後把一樓、二樓都租給了美國名牌皮包店Coach。原先在一樓的咖啡廳搬到了地下一層，供應咖哩飯的餐廳則去了地下二樓。如今的日本，在市區黃金地段擁有地皮的老店，把樓宇租出去賺的錢比自己經營餐館所得來得多。中村屋把出售咖哩麵包的小賣部以及供應咖哩飯的餐廳保留下來，恐怕與其說是為了賺錢，倒不如說是對於老顧客的一種交代；畢竟，日本老一輩中還有不少人跟我一樣，到了新宿一定要光顧中村屋的。要是找不到老地標，阿公阿嬤就太可憐了。

其實，中村屋跟一些老字號一樣，早已成為二十世紀東京神話的一部分。所以，二〇一九年春夏季播放的日本NHK晨間劇《夏空》裡，志願做動漫畫家的年輕女主角小夏，從北海道到東京來求學的時期，先住在新宿一家著名麵包店裡半工半讀；很多人看了就會猜想到：這家川村屋應該是現實中的中村屋吧，神祕的女主人光子（こうこ）則應該是相馬黑光（こっこう）其人了，對不對？

也聽說已故日本詩人寺山修司，在日本版《花花公子》雜誌開人生諮詢專欄的時候，有一個年輕讀者訴說人生太苦想要自殺；寺山的答覆則是：你沒吃過新宿中村屋的印度咖哩吧，先吃一次再說。

相隔多年吃的印度咖哩，還跟從前一樣呈薑黃色，味道則偏酸，醬汁裡的雞塊是帶骨頭的（在日本少見），最重要的是仍舊附上六種配料：兩種印度式香辣醬，以及酸洋蔥、酸黃瓜、酸薤、粉末起司。在日本吃咖哩，一般就附上一種泡菜：福神漬。有多達六種配料而且還包括起司在內，以前吃的時候開心，這次再吃卻覺得滿好玩。

我們是剛開門不久的十一點多進去的，當時已經有不少顧客在座。當我們十二點前出來時，門外已經有十來個顧客等待要進去用餐。他們幾乎都是年紀比我大的老一輩日本人。年輕一代不會特地找地下二樓的餐廳吃咖哩飯吧，更何況是外國遊客？

歌舞伎座的松茸飯

松茸之於日本中產階級家庭，與其說是食物，倒不如說是回憶或者一則故事。

每年九月的第二個星期天，我都去東京東銀座的歌舞伎座，看一場長達四個半小時的晚間節目。這是因為我任教的大學職工組織，用會員繳交的會費，一年一次舉辦集體鑑賞歌舞伎的活動所致。

我們所繳的會費，本來是當會員家族發生紅白事之際，要當禮金或奠儀用的。由於每年都有足夠餘額，乾脆包下歌舞伎座來，大家一起看看戲，我覺得是滿不錯的主意。歌舞伎座的門票不便宜，要坐一樓、二樓的話，一張一萬四千到兩萬日圓，再加上幕間休息時候吃的便當費，差不多可以去溫泉旅館一泊二食了。加上日本傳統的歌舞伎雖說不難看，可跟世界一流的戲劇、音樂會相比的話，能勝利的機率也不那麼高。從每個月的薪水基本上強制扣掉的會費，用來買大打折扣的團體票，而且還可以帶著家人、朋友一起去，一年一次上富麗堂皇的歌舞伎座，感覺是不差的。

我家孩子們從小有機會看歌舞伎，就是因為有大學職工會的活動。當初他們還小，我擔心吵鬧起來打攪別人可怎麼辦？還好，有三樓最便宜的座位，默契上留給帶小孩子的會員。幾年過去，小孩子一年比一年大，也逐漸理解歌舞伎是什麼東西，歌舞伎座又是什麼地方。忘了是從哪年起，我開始跟大家一起參加抽籤，有時坐在一樓，有時坐在二樓，總之離舞台較近的地方能看戲了。

歌舞伎的節目，大多早在江戶時代完成，現在來說是古裝戲了。台詞也多像文言文；大多當代人聽也聽不懂。於是觀眾中，多數人包括我在內都借用耳機，邊聽解說邊看舞台。有趣的是，還不大懂事的小孩子，有了耳機的幫助，對戲劇內容的理解程度就不遜於大人了。再說，幕間吃的歌舞伎便當，對孩子們也有莫大的吸引力。

歌舞伎便當，其實是日本最標準的「幕之內便當」（劇場便當＝綜合便當），只是等級高人一等。一打開就有：照燒雞肉、牛肉糰子、白煮蝦、炸魚塊、魚卵拌魷魚、蟹

松茸在日本人伙食生活中的地位，其實滿像日本人餘暇生活中的歌舞伎：人人皆知、等次很高、高不可攀。

肉天婦羅、燒雞蛋、羊栖菜、茄子、芋頭、豆乾、西蘭花、胡蘿蔔、白豆粉皮麻糬。陪伴多種菜餚的主食，又是秋天的美味大王松茸飯。

松茸在日本人伙食生活中的地位，其實滿像日本人餘暇生活中的歌舞伎：人人皆知、等次很高、高不可攀。畢竟在菜市場，一籃只有兩三朵一百公克左右的松茸，若是國產的就會貴到一萬多日圓；即使是從加拿大、中國進口，植物分類上屬於同一種，聞一聞香味，確實有所相像，但看樣子就是不大一樣的貨色，也賣幾千塊日圓，比和牛排、國產鰻魚、鮪魚肚子肉都還要貴。

所以，松茸之於日本中產階級家庭，與其說是食物，倒不如說是回憶或者一則故事。雖然不一定每年都上家裡的飯桌，但是人人都有記憶。哪一年心情好就買過一籃，順便也買了專門用來做「松茸土瓶蒸」的陶器，裡面除了松茸片以外，還放了蝦呀、銀杏啊、星鰻呀，味道當然滿不錯，畢竟一盅湯的費用比和牛排還要貴。

我小時候常在家裡用來做湯泡飯的「永谷園御茶漬之素」，長年都附上一包「松茸味清湯素」。當時的我還沒吃過真正的松茸，只是偶爾喝著用開水溶化的「清湯」，想像真正的松茸到底是什麼樣的味道。稍微長大後，看報紙雜誌刊登的菜譜，有些烹調老師建議：炊煮松茸飯的時候，除了松茸片以外，不妨也放「永谷園的松茸味清湯素」以加強松茸的香味。每次看到，我都覺得這樣子太掃興了，倒不如乾脆用清湯素煮飯而繼續想像真貨的香味和味道。

歌舞伎便當裡的主食，因為我們每年都九月去看戲，所以每年都一定有應時的松茸飯。淡褐色的米飯上躺著的松茸片，吃起來像真的，不僅香味還有口感都跟其他菌類不一樣。至於炊煮米飯時有沒有加什麼素，我覺得不必去探討。畢竟，松茸早就是一則故事。

10

十月

寒露／霜降

演技派的配角演員
——木之子

這些蘑菇一方面有獨特的香味和口感，也會飽肚子，另一方面性質隨和，放在什麼樣的環境裡都相當融洽，好比是演技派的配角演員。

你知道蘑菇的日語叫什麼嗎？答案是「木之子」（きのこ），顯然長在樹皮上所致，取名邏輯跟「木耳」頗相似。

曾有一位日本籍的俄羅斯語老師告訴我：某一年在秋季裡，接待過從俄羅斯來東京的旅遊團，團員們紛紛私下問他，附近有沒有能摘蘑菇的山林？

日本老師回答說：本人寡聞不知道。眾俄羅斯人說：顯然在日本，蘑菇的產地也屬於祕密，你既然不想說，我們也不會強迫你的，請放心。

原來，俄羅斯人對蘑菇的執著，竟然到如此瘋狂的程度。

在日本，唯獨住在鄉下，一代一代繼

承自家山林的少數人，才對松茸等高價值蘑菇的產地有所掌握。城裡人一般不知道哪裡長蘑菇，如何摘蘑菇，只懂得吃超商、八百屋（蔬果店）出售的香菇、小蘑、金針菇等。近年日本也頗流行杏鮑菇了。

日本都會人也不懂得分別能吃的蘑菇和有毒的蘑菇。於是，每年秋天都傳來消息說：有人到山區亂摘蘑菇自行吃，結果中毒給送到醫院去了。根據日本中毒學會的統計：每年日本全國有報告的蘑菇中毒者人數，大約兩百人左右；每年平均有一名日本人因病情嚴重而喪命。

傳統上，日本人最常吃到蘑菇的場合，大概是打邊爐（吃火鍋）的時候。無論是在福岡式的「雞肉水炊鍋」裡，還是在大阪風味的「烏龍壽喜鍋」裡，抑或在東京人瞎做的「寄鍋」裡，甚至在北海道料理「醬醬燒」裡，都會出現一大把香菇、小蘑、金針菇。這些蘑菇一方面有獨特的香味和口感，也會飽肚子，另一方面性質隨和，放在什麼樣的環境裡都相當融洽，好比是演技派的配角演員。唯有舞茸的個性相當突出或說孤僻，單獨料理成天婦羅或者味噌湯比較合適。據說，舞茸這個名字的來源是：因為特別好吃，所以在山中找到的人，高興得跳起舞來所致。

前面寫了蘑菇的日語名稱「木之子」取名邏輯跟「木耳」屬一類；稍微奇怪的是「木耳」用日文果然叫做「木水母」（きくらげ=木海蜇）。它的質感確實有點像海蜇沒有錯。可是，在陰森森的山林中之濕漉漉的樹皮上，幻視出海蜇水母來，還是可以說想像力特別豐富吧。或者應該說是不愧為愛死海鮮的日本人嗎？

光想就溫暖的場面
——溫州蜜柑、薩摩橘子

日本人從公元十六世紀直到今天，都把這種水果統稱為「溫州蜜柑」，而「溫州」兩個字指的不外是中國浙江省溫州市。

一般日本人的印象中，蜜柑是冬天的水果。在寒冷的日子裡，幾乎全身都躲進炬燵（こたつ）被爐裡去，看著電視，邊剝皮邊吃一顆又一顆蜜柑；這是日本人光想像都覺得心裡溫暖的場面。

實際上，蜜柑的季節很長。叫做「極早生蜜柑」的一批，中秋九月底就開始上市，進入了十月就相當常見了。然後，跨過深秋、嚴冬，最晚的一批在春天來臨之前仍擺在水果攤子上。

日本人所說的蜜柑，差不多等於中文的橘子。不同於美國進口的橙子，無論是大的還是小的，都不需要用刀子切開，能夠用手剝皮後直接放入嘴裡吃；味道方面則有適度的酸味，跟甜甜蜜蜜的橙子明顯不一樣。

有趣的是，日本人從公元十六世紀直到今天，都把這種水果統稱為「溫州蜜柑」，而「溫州」兩個字指的不外是中國浙江省溫州市。公元十六世紀是中國的明末、日本的戰國時代、世界史上的大航海時代。東亞海面上，一方面有從葡萄牙、西班牙來的船隻，另一方面有中國和日本的船隻。總的來說，跨越東海的國際貿易很發達，溫州港出貨的蜜柑在當年是區域著名的奢侈品。

後來，從公元十七到十九世紀的江戶時代，日本九州、紀州（現和歌山縣）等地也開始種植蜜柑了。明治維新之後，愛媛縣、靜岡縣也生產出高品質的蜜柑而聞名全國。日本人普遍愛吃蜜柑，曾經很長時間，蜜柑是全日本消費量最多的水果（目前是香蕉、蘋果之後的第三名）。

如今日本人吃的蜜柑都是日本國產，幾乎沒有進口的。可是，無論在瓜果市場上還是在植物學分類上，日本蜜柑的正式名稱還都是「溫州蜜柑」（Citrus unshiu）。個中進一步細分為極早生、早生、中生、晚生四種，乃栽培所需時間的短長導致上市時間的早晚。

九月、十月上市的極早生蜜柑，小得像個高爾夫球，皮上還稍留有綠色的部分，吃起來酸味壓倒甜味。十一月上市的早生蜜柑，則外皮呈橙色，內皮很薄，吃起來夠甜而充滿著新鮮的果汁。十二月上市的中生蜜柑就相當大了，而且呈扁球形，皮色濃厚，味道偏甜。新年裡上市的晚生蜜柑以「青島溫州」種為主，外皮和內皮都比較厚，先保存一個月後出售的結果，吃起來味道濃厚討人喜歡。

「青島溫州」跟山東青島無關。它是一九三五年在日本靜岡縣被發現的新品種；乃之前種植的「尾張溫州蜜柑」突然變異而成。這種蜜柑的糖度高，特受消費者歡迎，所以從當地果園主青島平十的姓氏取名為「青島溫州蜜柑」，開始大量生產。今天，靜岡縣的蜜柑生產總量是全日本第三名，「青島溫州」的貢獻顯然相當大。

我曾住在加拿大多倫多的時候，每年到了聖誕節前夕，水果攤子上就出現小型木頭箱子裝的「SAKURA」牌橘子。裡面的橘子既小又甜，濃厚的橙色喜氣洋洋，各方面都適合過節時期親朋好友團聚在一起的歡樂氣氛。加拿大人把橘子叫做「mandarin orange」，原意該是清朝官員（滿大人）。中國是橘子的原產地，西方人把橘子稱為「mandarin」並不奇怪。不過，在多倫多大受歡迎的「SAKURA」牌橘子，雖然用的是日語名字（櫻花），實際上是西班牙產的。再說，追究一下其在植物學上的分類，果然屬於「Satsuma orange」。

「Satsuma」是日本九州鹿兒島縣的舊名「薩摩」之英文標記。這類橘子的名稱，據說追溯到公元十九世紀七〇年代，一名駐日的美國外交官去九州旅行時發現了果實特別甜蜜的一種柑橘類，把一根苗木帶回他太太的故鄉美國佛羅里達州去，以圖易地栽培。有趣的是，今天在美國南部的佛羅里達州、阿拉巴馬州、德克薩斯州以及路易斯安那州，都有叫「Satsuma」的小鎮，相信都是種植過「薩摩」橘子的緣故。

日本人所說的蜜柑，差不多等於中文的橘子。不同於美國進口的橙子，無論是大的還是小的，都不需要用刀子切開，能夠用手剝皮後直接放入嘴裡吃。

感謝烹飪之神
——秋天吃寒鰆

以前東京的魚店不太經售鰆魚，最近倒逐漸開始流通了。我當初看到的是較小的「狹腰」，然後夠有分量的「狹腹」也上市了。

日本人所說的鰆，好像是台灣人所說的魠魠魚。正式名稱是藍點馬鮫，乃皮上有很多藍點的緣故。鰆用日語唸成「さわら」（sawara），據說本意為「狹腹」，因為這種魚的身材普遍瘦高苗條。

我跟關西人結婚以後才得知，這是一種隨著成長名稱變化的「出世魚」：身長五十公尺以下的叫做「さごし」（sagashi），本意為「狹腰」。身長超過六十公尺，才稱為「さわら」（狹腹）的。

當時，我們每年元旦都到關西婆家拜年，飯桌上一定擺著婆婆準備的醋醃「狹腰」。那是一種刺身，把小型鰆魚的肉，先用鹽醃一下，然後用白醋醃過片刻。吃起來有點像醋醃鯖魚，但是魚肉呈白色，不肥，卻相當嫩。我在東京至今沒吃過醋醃「狹腰」，其實連對「狹腰」這個名稱，東京人都感覺很陌生。

相比之下，它長大升級後的名稱「狹腹」，可以說很是耳熟；最常聽到的菜式便是「狹腹西京漬」。「西京漬」是把各種食材埋在西京味噌中一兩天後，拿出來燒烤的料理法。西京味噌名正言順是京都人吃的白色味噌，價錢比東京的紅色味噌貴很多。搞不好調味料的價錢會貴過食材。但是，用它來醃的魚肉，燒烤起來特別香。我自己只在懷石料理的套餐中，或者相對高級的便當中，吃過一小塊「狹腹西京漬」而已。不過，每次吃都一定覺得特別好吃。

以前東京的魚店不太經售鰆魚，最近倒逐漸開始流通了。我當初看到的是較小的「狹腰」，然後夠有分量的「狹腹」也上市了。看看書房牆上的掛曆，現時為秋天。叫鰆魚的魚類，不是春天才應時嗎？我調查一下才知道，原來這是一種迴游魚，不同的季節出現於不同的海域。古代作為日本中心的關西地區，春天捕到很多鰆魚，因而在牠的日語名稱中有了春天的春字；相比之下，往東五、六百公里的東京等關東地區，吃到的是冬天捕上的「寒鰆」。

日本人吃鰆魚，除了做成刺身以外，似乎大多做成西京漬或鹽烤。我看中它的肉質白嫩而且價錢平民化（應該是在東京不大有名氣的緣故），決定做成港式蒸魚吃，順便也買一把香菜回家。

在蒸籠裡加熱好的鰆魚塊，擱了點蔥絲和香菜段，最後把滾熱的油倒在上邊。把每人一盤蒸魚端上桌，大家異口同聲地喊出來：很好吃！我心中覺得：曾經年輕的時候待在香港孤軍奮鬥的日子，果然沒有白過。是的，親愛的讀者朋友，人生沒有白過的日子。每天三頓飯吃得認真，美味的記憶會長年都留在腦海中，有一天想到自己動手做，結果真會做得出來呢。感謝烹飪之神！

不一樣就是不一樣
——砂鍋獅子頭

其實，吃砂鍋獅子頭的樂趣，超過一半都在於吃吸收了肉味的白菜片吧。

十月中旬，日本颳的風開始有秋意，我就把砂鍋從櫃子裡拿出來要煮今年頭一次的紅燒獅子頭了。

獅子頭這個有趣名稱的菜餚，我最初應該是在台南人邱永漢寫的美食散文集《食在廣州》裡或者在日本小說家檀一雄的《男子漢的家常菜》裡看到的。我小時候的日本人還主要吃魚吃蔬菜而不大吃肉的，所以在介紹中餐的書本裡看到跟大人拳頭一般大的豬肉丸子，所留下的印象特別深刻，後來很多年都很嚮往。

幸虧自己出社會成家以後，雖說從未賺過很多錢，可是買幾百公克豬絞肉做大丸子的財力卻始終都有。當初用中型砂鍋煮了跟老公兩個人吃的獅子頭，後來兩個小孩子都吃大人份的飯菜了，如今非得動用大型砂鍋，放入四個大肉丸子與一整顆的大白菜。

紅燒獅子頭應該是江浙菜吧，我似乎只在上海館子裡看過。從前住香港的日子裡，我每週一次去地鐵太子站附近的樂器店學彈琵琶。上課以前在樓下的果汁吧喝一杯甜瓜汁，下課以後就到鄰近的上海館子去點小籠包和砂鍋獅子頭吃，算是給自己的獎勵。

後來回日本定居，很難找到道地的上海菜館，於是開始自己邊看食譜邊動手做紅燒獅子頭。用豬絞肉做的大丸子，跟西式漢堡肉餅相似，可是陪伴它的大白菜則充滿獨特的東方風味。

其實，吃砂鍋獅子頭的樂趣，超過一半都在於吃吸收了肉味的白菜片吧。雖然日本料理中的火鍋也大多用上大白菜，可是日本人不懂得先把它在燒肉丸滲出來的豬油裡炒到稍有焦味。然後，在香噴噴的白菜片上倒點水，蓋上鍋蓋燜煮片刻。這樣做呢，後來在砂鍋裡慢慢燉煮的肉丸子和大白菜不僅不會乾燥，而且會濕潤水汪汪的。可見吃砂鍋獅子頭，能享受到三種美味：肉丸子之美味、炒白菜的美味、湯汁的美味。難怪我家大小吃獅子頭的時候，一定要有一人一小碗白米飯在旁邊等候著，為的不外是叫它一滴不漏地吸收掉無比美味的湯汁。

前些時，我看了詹宏志先生的夫人王宣一女士撰寫的《國宴與家宴》一書，發現所收錄的紅燒獅子頭食譜，果然是為了升級湯汁的美味，要放入蝦米等祕密武器的。跟西餐相比，中餐厲害之處有好幾點，乾貨的用法絕對是其中之一。後來我在家做紅燒獅子頭，一定要放入一把蝦米了，也非得是從台北迪化街買回來的純正台灣貨不可。跟日本超商出售的貨色相比呢，我說不一樣就是不一樣。

小家庭的幸福
——雞水炊

果然投入了一公斤帶骨雞塊，熬煮了三、四個小時的「雞水炊」顯得夠氣派了。

颳了幾次大颱風後，東京氣溫終於開始下降，十月中旬出外走走，竟然感覺很冷了。回到家打開門，從廚房裡就飄來香味；我邊脫著鞋邊向廚房裡的老公喊：你熬了雞湯，真棒！

天氣變冷後，我第一個要吃的是砂鍋獅子頭，老公則要做「雞水炊」（とりのみずたき）。這是一種火鍋，乃帶骨頭的雞塊熬出來的湯裡放入白菜、蘑菇、豆腐等，煮熟了蘸橙醋醬油吃。據說源自九州博多：明治初年有一個博多人去香港學烹調，回國後應用中餐熬雞湯的方法來推出新式火鍋而很受歡迎，後來逐漸普及到日本全國去了。

日本的火鍋大多用來自柴魚、昆布、小沙丁的湯底，從來沒有熬煮帶骨雞塊的做法。花上三、四個鐘頭熬出來的奶色雞湯味道鮮美，以致「雞水炊」專門店的日本廚師，首先將不加調味料的純雞湯澆在小杯裡請客人嚐嚐。

用濃厚的雞湯做底吃火鍋，結果一定錯不了。反而奇怪的是大多日本人直到今天都不懂得用雞豬牛骨熬出湯來喝。

我有一次從東京飛往香港的飛機上，被鄰座的香港先生問道：你們日本菜是不是只有一種湯？他指的是味噌湯。人家來日本出差幾天，早餐和晚餐都喝了味噌湯而產生疑問。我回答說：味噌湯有好幾種，例如豆腐味噌湯、裙帶菜味噌湯、什錦味噌湯，再說味噌也有紅味噌、白味噌等不同種類。只是由香港人看來，那些都是味噌湯。也不能怪他，恐怕在全世界，最講究湯水的大概就是香港人。那裡的雙薪家庭非得請外籍傭人的原因，不外是天天需要花兩三個鐘頭煲湯喝。港式湯水裡除了雞豬牛骨頭外，還要放中藥材；結果煲湯最重要的關鍵就在花時間慢慢熬。

相比之下，日本菜的湯底都用柴魚、昆布、小沙丁等快速出味道的乾貨，加了蔬菜豆腐等後煮個片刻就完成；至於味噌，最後熄火後才溶化進去的，連煮都不用煮，千萬不可以使之沸騰而失去香味。換個角度來看，味噌湯稱得上是傳統的快餐；要餐餐吃都不大費事，只是味道變化小，而且缺乏肉類帶來的熱量和勁兒。

我估計在世界各地，一到寒冷的冬天，大家就熬起湯來喝熱的保暖身體。偏偏在遠東島國，居民未能開發出用肉骨熬出湯來的技術。我記得小時候的冬天，父親日復一日吃「湯豆腐」（ゆどうふ），是昆布湯底裡邊煮豆腐邊吃的一種火鍋。有時根本沒有配菜，有時只有白菜大蔥，最豪華的版本是投入了魚塊的「鱈散」（たらちり），總之始終沒有肉類。

這些年，在東京流行的新式火鍋，很多都來自九州，例如「雞水炊」，又如「物鍋」（もつなべ）。前者含雞塊，後者含豬小腸，跟父親當年吃的「湯豆腐」相比均豪華多了。外國聞名的日本菜如和牛「壽喜燒」「涮涮鍋」其實是一年吃一兩次的大菜。近來走紅的「豆漿鍋」和「韓國泡菜鍋」，前者的湯底白，後者的湯底紅，看起來悅目。不過，仔細研究一下食譜，都說四人份用兩百公克肉類或者兩塊鱈魚肉就差不多。

果然投入了一公斤帶骨雞塊，熬煮了三、四個小時的「雞水炊」顯得夠氣派了。吃完了熱呼呼的雞肉、蔬菜、豆腐，最後放入拉麵來畫龍點睛，前額冒出汗水來，感覺到小家庭的幸福，不亦樂乎！

11

十一月

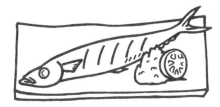

立冬／小雪

熬關東煮，一直用極小火就行；不要讓水沸騰導致魚餅煮爛。

關東煮出來了

這些年，在東京街頭很少看到由老闆拉來的關東煮攤子車了。反之，每年有大半年時間，便利商店的收銀機旁邊有賣各種關東煮。

兒子上大學以後，在家吃晚飯的次數越來越少。也並不是壞事吧；都過了二十歲，父母能教的事情已不多，得在外頭跟別人家學學人生奧祕的時候了。話是這麼說，家裡晚上要吃火鍋什麼的，還是覺得最好等到大家齊聚的時候。於是本來週三要吃的今年頭一次關東煮，等到兒子不外出的週六才吃到了。

因為小時候家裡經常吃關東煮，從來沒有以為是什麼佳餚。讀高中的時候，有一次無法拒絕外面移動攤子散發出來的香味，跟同學一起鑽過布簾，在長板凳坐下來吃了一兩個魚餅；結果價錢超乎我們的想像好幾倍，給嚇壞了。現在回想，關東煮攤子是主要接待喝酒人士，收費標準不會太低的。再說，我們不小心闖入的那攤子，還是在高級商業區東京原宿的黃金地段表參道做生意的，根本不是小孩子可以裝大人進去的地方。

後來長大獨立，自己去超市要掏腰包採購關東煮材料的時候，發覺一鍋關東煮的成本會跟一鍋燉牛肉的費用差不多高。那是日本泡沫經濟時代，紀文食品公司把原先屬於庶民階級的魚餅等重新包裝起來，並在電視上大打廣告，以高價推出。那麼一來，一個魚餅會賣得跟一個和菓子一樣貴，整鍋的費用則很不俗了。

這些年，在東京街頭很少看到由老闆拉來的關東煮攤子車了。反之，每年有大半年時間，便利商店的收銀機旁邊有賣各種關東煮。平均一個賣一百塊日圓，買一兩個並不覺得很貴。可是，如果要當晚飯主菜的話，一個人至少要吃六、七個吧；成長期的青少年要乘以幾，再說一家幾口子乘以幾後，感覺還是不便宜了。

不如自己挽起袖來煮一下。於是選擇自己不用出去的一天，早上就在大砂鍋中開始泡昆布。過些時候，把變軟的昆布拿出來做成蝴蝶結，再放回鍋裡開小火，順便把切成三角形的蒟蒻也投進去。同時用另一火爐上的雙重鍋，下面煮雞蛋，上面蒸蘿蔔。十五分鐘後，剝過殼的雞蛋和蒸熟的蘿蔔都可以進砂鍋了，用味醂和淡色醬油給清湯加加味。接著，從冰箱拿出超商買來的油炸魚餅（即台灣朋友們說的「甜不辣」，東京人稱之為「薩摩揚」）類，先過一下熱水去掉油分後，也放入砂鍋。熬關東煮，一直用極小火就行，不要讓水沸騰導致魚餅煮爛。

在我家，牛筋串和沙丁丸是我親手做的。牛筋要在壓力鍋裡煮上半個鐘頭，變涼後拿出來用扦子穿成串。沙丁丸則把魚漿調味後加澱粉混勻，弄成小丸子在清水裡匆匆煮熟。

晚飯時間快到了。再把牛筋串、沙丁丸、裝了年糕塊的炸豆腐袋子放入砂鍋裡，火候要轉大一點，快要沸騰的時候熄火。然後，煞有介事地喊一聲：關東煮出來了！

日語「白子」指的是鱈魚白，也就是鱈魚的精子。從魚腹挖出來後，在開水裡燙了一下，在冰水裡急劇冷卻，就可以當刺身或做成壽司吃了。

鱈魚白的誘惑

無論是鮟肝、鮭魚子還是白子，在餐廳吃的收費會很貴，但是若從魚店買來原料而自己動手做的話，成本會低得叫外國美食家愣住。

最近去一家位於新宿站東南口的壽司店吃午餐，在壽司吧檯前座的外國遊客相當多。其中有歐美人，也有來自陸港台的華人。雖然大多外國人都能說兩句日語，店方也雇用會講些英語、華語的服務員。當一些外國客人吃完飯離開以後，我偶然間聽到，兩個日籍工作人員問著相問：「白子」用英語怎麼說呢？

日語「白子」指的是鱈魚白，也就是鱈魚的精子。從魚腹挖出來後，在開水裡燙了一下，在冰水裡急劇冷卻，就可以當刺身或做成壽司吃了。其口感像豆腐，卻有濃厚的滋味，堪稱東方海產起司，愛喝清酒的日本人就百分之百都喜歡。愛吃壽司的外國人也十之八九會覺得好吃吧。但是，如何去說明這白白的泡泡，原來是鱈魚的精巢來的？這不是語言問題，而是文化問題吧。

吃素的日本人不多，我們平時也並不覺得吃葷是罪惡。可是想想在日本菜當中，能跟世界級美食相比的，就是鮟鱇魚的肝、鮭魚子、鱈魚白之類，還是嘴裡不由得喃喃起來：罪過、罪過。

再說，無論是鮟肝、鮭魚子還是白子，在餐廳吃的收費會很貴，但是若從魚店買來原料而自己動手做的話，成本會低得叫外國美食家愣住。我去東京西郊立川火車站北口地下一層名叫魚力的店鋪採購，一整腹的鮭魚子不到兩千日圓，至於鮟肝和白子，都是兩百五十克一包才賣五百九十日圓。我跟你講吧，兩百五十克的鮟肝或白子，是足夠四、五個人當冷盤吃的。做法也不難：鮟肝要先泡在鹽酒裡，然後隔水蒸上二十分鐘；白子只需要燙一下而已。

儘管如此不貴也不難做，但是從魚店買來鮟肝、白子，自己做來吃的老饕，在整個日本人口當中占的百分比，我估計不到兩位數吧。

你覺得奇怪？要知道為什麼嗎？

那是因為大多數日本家庭的大廚，至今仍是主婦。而在日本主婦中，敢吃鮟肝、白子的，大概不到三分之一吧。日本女性偏食、挑食的程度，遠遠超乎華人圈。其實啊，性別和偏食、挑食之間有相對關係，也是日本文化造成的特殊情況呢。說穿了，鮟肝、白子等在日本文化語境中，被視為補品之類：男性吃了就能補腎，女性吃了就是潘金蓮。所以，多數日本女性一聽到鮟肝、白子之類，就皺起眉頭說：噁心。而在傳統日本文化語境中，這種女性才討男人喜歡。哎，古老的東方島國文化是否太熟爛了？

幸虧我家眾成員日本文化指數不高。愛吃法國鵝肝醬，就沒有理由不敢吃鮟肝、白子了。愛喝法國紅酒，哪裡有道理不嚐嚐日本清酒呢？再說，喜歡邊喝清酒邊吃鮟肝、白子的話，就沒有理由不自己動手做椪醋鮟肝、白子軍艦卷享受人生之樂了。

講回新宿東南口壽司店，雖然地點方便，午餐的性價比也不錯，但是工作人員的素質就不怎麼高了。彼此相問了「白子用英語怎麼說？」以後，他們跟著說：「老外是否會說：Oh my god呢？」他們根本不在乎還有日本客人在座聽著呢。罪過，罪過。

吃著吃著，我每次都會說出：這樣子吃秋刀魚簡直比牛排更好吃了！

秋刀魚之味

每年秋天有幾次，老公搭起鐵弓架子來，邊撒鹽邊燒烤秋刀魚。從廚房裡飄來的香味就讓我想起姥姥家隔壁的服部家人在巷子裡蹲著搧扇子的場面。

在我小時候的日本，烤魚曾是最有代表性的庶民階級家常便飯，正如在小津安二郎導演的影片《早安》裡，兩個小孩的母親天天給他們吃烤秋刀魚乾而引起不平。

記得東京都葛飾區龜有五丁目，住在我姥姥家隔壁的服部一家人，烤起魚來就把日本所謂的「七輪」即圓桶形煤球火爐拿到家外面的巷子，搧著扇子加強火候的同時，也不知有意還是無意，讓烤魚的香味飄往四方去，叫人加倍感到肚子餓。那巷子是沒有鋪上柏油的泥土路，一下大雨就變得跟沼澤一樣。於是中間放著一塊又一塊大石頭，為的是提供得走上沼澤時的放腳處。當泥土乾燥，那些石頭便翻身為煤球火爐的設置處了。

曾經那麼普及的烤魚，如今卻成了不容易吃到的佳餚。一方面有地球暖化帶來的海水高溫化，使日本漁船的收穫量變得很不穩定。就像今年（二〇一九年），進入秋天後有好一段時間，根本釣不到秋刀魚，甚至東京有些魚店被迫把早已冷凍的存貨解凍而擺出來賣。

另一方面有烹調環境的變化。日本城市裡早就沒有了像服部家那樣在家門外用煤球火爐燒菜的家庭。現在每個家庭都有瓦斯爐或者電爐。日本公寓裡的廚房，一般有兩口或者三口爐子，同時能燒水、熬湯、炒菜，可以說夠方便。只是這種爐子很不適合在上面烤魚吃。為了防火起見，每口爐子具備著高溫感應器，當溫度達到一定水準，就自動把火候調小。可是烤魚的時候，能夠自己調整火候效果才會最好，正如服部家人搧扇子。正要大火的時候，小聰明的智慧爐子自行把火候弄小，真是叫人急死了。你說買沒有感應器的爐子不就好了嗎？沒得賣呢。因為日本的防火條例只准許賣我行我素自以為是的聰明爐子。

那麼，日本人要烤魚吃怎麼烤？答案：在一般的情況下，非得用瓦斯爐內藏的燒烤器，乃在爐子下邊看起來像抽屜的那一層，拉出來就有放魚的不鏽鋼架子以及防止起火的水盆。問題在於這種燒烤器，寬度、長度和高度都不足夠。不僅大一點、厚一點的魚無法收納，而且長一點的魚，如秋刀魚，只好切成兩半才能放進去。但是，秋刀魚的美在其瘦長的身材，要切成兩半像是行刑一般，不是嗎？

尤其今年這樣，等了許久以後，才終於見到新鮮秋刀魚的年分，最好能夠享受口福的同時也能夠享受眼福，不是嗎？

我的公婆都是老饕，誰也不要把秋刀魚切成兩半放入有高溫感應功能的燒烤器。老公經研究後發現：專業廚師們烤魚也不會把魚肉放在鐵絲網上，那樣做太容易黏著了，若用筷子或夾子挾壞了太難堪，太難過了吧。那可怎麼辦？他在網路上發現了有種專業工具，叫鐵弓。

鐵弓由幾根不鏽鋼條子組成，用來在瓦斯爐上方搭個正方形架子的。然後，把穿透了魚身的鐵串掛在上面，在最理想的遠火／大火上，慢慢燒烤。這麼做的結果，不僅不用把瘦長的秋刀魚切斷，而且給鐵串穿透的秋刀魚看起來像是在空中跳躍。對了，用了鐵弓，就沒有東西直接碰觸位於瓦斯爐正中心的感應器，所以，它就無法我行我素地調整火候。換句話說，調整火候的自由完全歸於我們了。多麼好！多麼自由！

每年秋天有幾次，老公搭起鐵弓架子來，邊撒鹽邊燒烤秋刀魚。從廚房裡飄來的香味就讓我想起姥姥家隔壁的服部家人在巷子裡蹲著搧扇子的場面。十幾分鐘後，老公把烤好的無瑕疵秋刀魚拿下來放在細長的盤子上，並且配上蘿蔔泥，多麼好看。當開動時，我則把一點醬油和檸檬汁倒在蘿蔔泥上。然後，用筷子把魚皮和魚肉分開，先嚐嚐魚肉以後再嚐嚐魚皮。跟其他魚類不同，燒烤過的秋刀魚是連內臟都能吃，而且很好吃的。吃著吃著，我每次都會說出：這樣子吃秋刀魚簡直比牛排更好吃了！

老公、孩子們都說：「哎，又來了。」他們似乎不相信，但是我自己衷心認為：用鐵弓燒烤的秋刀魚著實比名牌牛排高級。這個滋味怎麼說呢？於是我便想起來小津安二郎導演的遺作《秋刀魚之味》。那部片子裡其實並沒有出現秋刀魚，片名中的秋刀魚完全用來象徵什麼的。象徵什麼？果真是家常便飯帶來的幸福。

一粒粒跟珍珠一般
——鮭魚子

平時在日本料理中出現的鮭魚子，偶爾登場於俄羅斯式餐會，並跟洋氣充足的酸奶油一起吃，果然別有味道。

秋天在日本是鮭魚的季節，同時也是鮭魚子的季節。

我小時候，說到鮭魚子，幾乎都指把母鮭魚卵巢整個鹽醃的「筋子」（すじこ）。大概是大量鹽巴去除水分的緣故吧，透明卵巢膜裡的魚卵很小很小，而且互相黏住成極鹹的草莓糖那樣。吃「筋子」之前，要用刀子切成一片一片，正如切烏魚子成片。因為直接吃「筋子」嫌太鹹，於是一般就咬一點魚卵塞一口白米飯，或者擱在茶泡飯的頂點位置，總之慢慢享受珍味就是了。

現在大家熟悉的，那一粒一粒跟珍珠一樣大小而且和紅寶石一般發光的鮭魚子，日本人借用俄語稱之為ikura（いくら）。據說，大正年代（公元一九一二年到二六年），在北海道北方現屬於俄羅斯的庫頁島上居住的日本人發現：當地俄羅斯人把母鮭魚卵巢裡的魚卵鬆開以後，用少量鹽醃起來直接食用。就是當年當地，日本人學會了俄國式ikura的做法和叫法。

後來很長時間，對大多數日本人來說，ikura若不是在高級餐廳裡享用的佳餚，就是從魚店買來已加工好而裝在塑膠容器裡的東西。然後，從一九八〇到九〇年代，日本的生鮮食品運輸程序有了長足的進步。有一天，我們在東京魚店開始看到，剛剛從母鮭魚腹部挖出來的新鮮卵巢。

一整個鮭魚卵巢就賣一千多到兩千日圓，雖然不便宜，但是不很貴。魚商店員說：回家放在溫水裡洗淨，用指頭鬆開，最後泡在調味料即醬油、味醂、清酒裡，晚上就可以嚐到新鮮美味的ikura了。

整個過程需要半天時間，而且生鮮鮭魚子的時令並不長，所以每年都只有一次或者最多兩次，在家手工做ikura，用小小的調羹一點一點送到嘴裡去下酒或者跟白米飯一起享用。

畢竟原先是俄羅斯風味，鮭魚子不僅適合直接吃或者做成軍艦卷壽司吃，而且很適合當俄羅斯料理的小菜。

我家老小都很喜歡吃俄羅斯薄餅，是混合了高筋麵粉、焙粉、牛奶、雞蛋、奶油以及鹽和砂糖，在平底鍋裡一張一張地烙好後，放在盤子上，選擇自己喜歡的菜餚，再加酸奶油捲起來吃的。據說，圓圓的薄餅代表春天的太陽，有如中餐的春餅，台灣的潤餅，但是捲起來吃的內容很不一樣。常見的菜餚有：火腿、起司、煙燻鮭魚、鹽醃鯡魚，然後就是ikura鮭魚子了。平時在日本料理中出現的鮭魚子，偶爾登場於俄羅斯式餐會，並跟洋氣充足的酸奶油一起吃，果然別有味道。

日本人吃俄羅斯菜的歷史淵源：一方面有二十世紀前半葉，在庫頁島等地發生的民眾來往；另一方面也有當年滿洲國的哈爾濱、大連，以及租界時代的上海等地特有的國際化生活環境裡，白俄居民無意中傳道的西餐洗禮。果然，今日東京仍有一些歷史追溯到第二次世界大戰以前大陸城市的老字號俄羅斯餐館，如位於新宿的Sungari即松花江。

有趣的是大部分日本人不知道軍艦卷上面的鮭魚子ikura，本來是俄羅斯菜，其名稱則是百分之百俄羅斯語的單字。

記憶和姥姥的美味
——柿子

我對已故姥姥的回憶，很多都圍繞著當年只能在她那兒吃到的美味。這大概是一件很幸福的事情吧。

柿子是很獨特的水果。只有它成熟以後，不僅果肉越來越軟，而且越來越透明，不久變為天然的吉利（果凍），然後又變成美味的液體，最後水分蒸發，只留下皮了。可是，先剝皮後風乾的柿子，反而成為有咬頭的柿餅。我姥姥生前每年秋天都做柿餅，當新年初二我們去給她拜年的時候，才從吊繩摘下來讓我們嚐嚐。那味道，跟一樣是她拿手的水羊羹之味道，過了這麼多年都叫我懷念不已。

眾水果中，有澀、甜兩種的，也似乎只有柿子了吧？好像姥姥就說過：做柿餅用的是澀柿子。是風乾過程把澀味去除的嗎？我不大清楚。似乎也聽姥姥講過：酒精會去除澀味，所以在風乾之前給柿子抹上燒酒。

從前我住在加拿大多倫多的時候，家附近有韓國便利商店，到了秋天在店前擺出很大很漂亮的柿子賣。那柿子真的很美，使我無法抵抗。當我打開錢包購買之際，老闆娘似乎提醒我說了什麼。可是，剛剛到多倫多不久的日子裡，我的英文還不大靈光，再說韓國太太說英語的口音也不小。總之，我點了頭，可其實沒明白她的意思。

回到家，我就把那柿子用水果刀剝皮後切成塊，等不及地塞進嘴裡了。澀！特別地澀！可也有柿子的好味道。雖然很澀，但也很甜，可還是非常澀，澀到我從來沒有嚐過的程度。沒辦法吃下去，但是捨不得扔掉，我繼續吃了幾口，後來還是投降了。我當時就估計，韓國人是應該有辦法去掉那澀味的。恨不得問清楚，可是溝通不順利，可惜得很呢。

最近在大學，有位女職員給我吃柿子。

她說：這是澀柿子，用燒酒去除了澀味的。

我問她：究竟是怎麼做的？

她回答說：先把柿子用燒酒弄濕，然後就放在塑膠袋裡密封起來等時間。

原來，她有個朋友每年都從產地寄來裝滿一個紙箱的澀柿子，總不忘把估計澀味消失而變成甜柿子的日期寫在紙片上。到了那日期，她就從容不迫地打開袋子，把裡面的柿子拿出來，既甜又軟，簡直跟從蓬萊仙島到來的寶物一般。

我家每年從產地和歌山收到的柿子是本來就沒有澀味的富有柿。那是老公的舅媽寄來的。和歌山的柿子在全日本都很有名。果然看起來悅目，嚐起來好吃，連東京著名超市的水果攤子都找不到的等級。一整箱的柿子，一收到就得趕緊裝在冰箱裡，免得它迅速變成吉利、飲料。可畢竟是生水果，無法使它在繼續呼吸的同時，又停止成熟的過程。

記得姥姥其實滿喜歡吃軟柿子。我小時候也為軟柿子著迷，因為它口感簡直不像天然物而更像人工甜品。我對已故姥姥的回憶，很多都圍繞著當年只能在她那兒吃到的美味。這大概是一件很幸福的事情吧。

不輸給法國鵝肝醬
——鮟鱇魚肝

鮟鱇魚是很特別的魚。牠的肉特別軟嫩而富有彈性，簡直像橡膠一般，擱在案板上切斷不容易，所以在眾多魚類中，只有鮟鱇魚是從上面掛下來，於空中揮刀切成塊的。

一般都說，世界三大美食是：魚子醬、黑松露、鵝肝醬。

果然是魚卵、蘑菇、肝臟。

著名的黑色魚子醬來自俄羅斯；不過，日本的紅色鮭魚子也頗為美味。黑松露是義大利等歐洲山區產的；日本山林則產松茸，價錢也一樣昂貴。法國的鵝肝醬，我也同意，是真的好吃。

我上次去巴黎，在朋友介紹下，去了一家鵝肝醬專門店。那家小店，除了賣各種罐裝鵝肝醬以及配料如無花果醬等以外，店裡一角擺著幾套桌椅，提供用鵝肝醬做出來的熱菜。我們四個人點了四種菜餚分吃，其中最忘不了的是法式鵝肝醬餃子。那是在現擀的麵皮裡包住了鵝肝醬塊加熱，再加鮮奶油的。

在世界三大美食裡，我自己最喜歡吃鵝肝醬。只是日本也不是沒有類似的食品，說鮟鱇魚的肝就對了。

鮟鱇魚是很特別的魚。牠的肉特別軟嫩而富有彈性，簡直像橡膠一般，擱在案板上切斷不容易，所以在眾多魚類中，只有鮟鱇魚是從上面掛下來，於空中揮刀切成塊的（鮟鱇の吊るし切り）。那樣子切小的鮟鱇魚肉，一般做成火鍋吃。離東京神田火車站很近，離著名蕎麥麵店神田藪不遠的地方，有東京唯一的鮟鱇魚鍋專門店伊勢源。這家店開張於一八〇〇年代初，現在的木造房子都差不多有九十年的歷史，被東京都政府選定為文物。鮟鱇魚收穫量不多，價錢也不俗，老字號伊勢源的套餐一人份賣一萬日圓以上，並不是大家都能輕鬆吃到的。

好在日本魚店，每年到了十一月就開始賣適合做火鍋吃的鮟鱇魚肉。如果運氣好的話，也能買到鮟鱇魚肝，買回家自己蒸熟吃，味道絕不輸給法國鵝肝醬。

有腥味的海鮮類，若要加熱吃的話，日本廚師的傳統方法是：先在鹽酒（加了鹽的清酒）裡泡上兩個鐘頭。經過這一環節後，去掉血管，再用鋁箔紙包成香腸形，放在籠子裡蒸上二十分鐘。等冷卻後，把橙色魚肝切成小塊，倒上椪醋（柑橘醋、柴魚湯和醬油），再擱點蔥花、柚子皮末、辣椒粉。慢慢邊吃著邊喝清酒吧，真是極樂世界，一點也不誇張。

巴黎小餐廳的法式鵝肝醬餃子最美味，證明鵝肝醬的實力以外，似乎也證明新鮮麵餅的實力。同樣道理，把鮟鱇魚肝做成軍艦卷壽司吃，也能吃出鮟鱇魚的實力和壽司飯的實力。很好吃的海鮮類如烏魚子，做成壽司吃，會加倍美味的。不騙你。試一試吧！

小時候的回憶
——豚汁

在戶外吃的東西，會覺得格外好吃。大家一起吃的東西，也會覺得特別好吃。大多日本人對豚汁，都有能追溯到小時候的回憶。

被香港旅客看破為「只有一種湯水喝」的日本人，其實到了深秋就開始喝夏天不會做的一種湯：豚汁。

豚汁用的調味料仍然是味噌，不過裡面放的東西倒花樣很多了：白蘿蔔、紅蘿蔔、馬鈴薯、牛蒡等等。有人也放蒟蒻、豆腐、油豆腐。關鍵在於一定要有豬肉片，否則就要變成狸子汁，也就是給狸子迷惑了的意思；正如蕎麥麵店賣的狸蕎麥、狸烏龍。

毫無疑問，豚汁是所有不同種類的味噌湯裡最豪華的一種。所以，在定食屋吃飯，菜單上有時寫著：是日湯加購一百圓能換成豚汁。要吃一碗豚汁就要多付一百日圓，不少日本人會在腦子裡進行自我對話：值得嗎？一定值得吧。肯定值得了！

十一月，東京天氣也開始變冷。日本家庭的飯桌上，仍舊會出現刺身、「御浸」（おひたし）青菜等冷食品。但是，如果平時只含裙帶菜和豆腐塊的味噌湯，忽然間改頭換面變成了豚汁，一家老小都會高興得不得了。

豚汁也是在學校遠足或夏令營等集體活動中，當大家動手做大鍋飯之際，經常出現的一項佳餚。其出現頻度，大概僅次於咖哩飯吧。日本人嘛，一人有兩個飯糰和一碗豚汁就會吃得滿足的。

當年，我兒子參加小學壘球隊，每年三月底六年級同學們要畢業的前夕，一定舉辦歡送打球會。當孩子們和爸爸們在操場上熱熱鬧鬧進行比賽的時候，眾母親集合於校舍內家政課實驗室，在兩個大桶形鍋裡放入各自帶來的蔬菜。豚汁的兩大重要材料，即豬肉和味噌，由球隊的營運費付款，其他則大夥兒在自己家的冰箱裡找到什麼就帶來什麼。結果，有人帶來白蘿蔔、胡蘿蔔、蕪菁、牛蒡，也有人帶來馬鈴薯、芋頭、南瓜，或者大蔥、小蔥、洋蔥，以及蒟蒻、豆腐、油豆腐，也不排斥香菇、金針菇、杏鮑菇。基本上，日本冬天能收穫的蔬菜，尤其是根菜類就都可以放入。等鍋裡的蔬菜和豬肉煮熟了，從容不迫地溶入一大袋的味噌。

裝滿大桶形鍋的豚汁，要由兩個男家長從左右兩邊，小心翼翼地提著運到操場去。雖然誰也沒量過多重，但是毫無疑問地非常重了。再說，裡面是熱騰騰的湯水，而且是孩子們衷心期待的，運送時需要細心且大膽。在操場上，孩子們已經拿著自己的湯碗和筷子排隊。排在最前面的小朋友，如願比別人先得到豚汁喝，可是鍋中最上邊，湯勺舀到的主要是湯水。然後在桶形鍋裡，豚汁的深度越來越低，舀到的蔬菜和肉片反而越來越多了。

在戶外吃的東西，會覺得格外好吃。大家一起吃的東西，也會覺得特別好吃。大多日本人對豚汁，都有能追溯到小時候的回憶。眾所周知，回憶是最好的調味料，幾乎使所有的東西都變得加倍美味。果然，大小孩子們，傍晚下班、下課回到家，聽到晚飯有豚汁，都一定喊出一聲：好棒！

12

十二月

大雪／冬至

油炸牡蠣配塔塔醬

平底鍋中鋪開昆布，擱下牡蠣，倒點清酒，蓋鍋蓋，開火，蒸上一分又三十秒鐘而已。吃的時候，用點檸檬汁、椪醋醬油、辣椒醬都不錯。

日本到了冬天才有得吃牡蠣，跟一年四季都有蚵仔的台灣大不一樣。日本的牡蠣也比台灣的蚵仔大很多，而且似乎有一年比一年大的趨勢。可是，牡蠣是否越大越好吃呢？很難說吧。

在日本，最受歡迎的牡蠣料理是裹上麵包粉油炸的「牡蠣フライ」（かきふらい）。雖然大家都知道還帶殼的生牡蠣，擠上幾滴檸檬汁直接吃了就多麼美味，但是不少人害怕萬一中毒就不得了。所以，除非去廣島縣、三重縣、宮城縣等生產地，或者光顧可靠的餐廳，還是乖乖地把好好的生牡蠣放入一百八十度高溫的炸油中，過了大約一分鐘才撈出來放心享受。

對小朋友來說，吃油炸牡蠣的樂趣，至少有一部分來自一定配上它的塔塔醬。這種醬以美乃滋為主，再加上煮雞蛋碎、醋泡黃瓜末、洋蔥末等。我最近因為怕塔塔醬的卡路里太高，所以用去了點水分的優格來代替，自己覺得效果還滿好；不過，只怕食品不夠油的大小朋友們有什麼意見則是另一回事了。

裹上麵包粉後油炸的「フライ」，日本人視為原先從西方傳來，後來慢慢日本化的「洋食」。其中，炸豬排（とんかつ）是國王，炸蝦（エビフライ）是皇后，炸牡蠣算是公主，可樂餅（コロッケ）是調皮的小王子。

另外，日本的油炸一族還有炸竹筴魚（アジフライ）、炸火腿片（ハムカツ）、炸花枝圈（イカリング）等一堆庶子。這些算是B級美味；超市一定有賣，能夠買回家吃，在學生餐廳也很受歡迎，外賣便當中也是眼熟的配角，可就是上不了高級餐廳的菜單。再說，吃B級美味的時候，能配上的調味料只限於醬油、三種香醋（とんかつソース、中濃ソース、ウスターソース）、黃芥末等各家庭必備的幾種。拿出美乃滋來擠上陪伴的高麗菜絲還行。就是不能想到塔塔醬去，那樣子會有門不當戶不對之嫌。

買到牡蠣，我也有時做牡蠣飯。那是先在鍋裡燒開醬油、清酒、薑絲，放入牡蠣煮上三分鐘，再把牡蠣撈上來備用。留在鍋中的湯汁放入飯鍋中，再加水把大米煮熟。等米飯熟了，就打開鍋蓋，在飯上擱置全部牡蠣，再蓋鍋蓋燜十分鐘。這樣煮的牡蠣飯，因為含醬油，飯鍋底容易出現鍋巴，乃大人孩子都要搶著吃的。

今年，我家的牡蠣料理多了一個花樣。那是牡蠣昆布蒸。說起來太簡單了，就是在平底鍋中鋪開昆布，擱下牡蠣，倒點清酒，蓋鍋蓋，開火，蒸上一分又三十秒鐘而已。吃的時候，用點檸檬汁、椪醋醬油、辣椒醬都不錯。料理得越簡單，越能吃出食材的原味，也越討日本人喜歡。

日本到了冬天才有得吃牡蠣，跟一年四季都有蚵仔的台灣大不一樣。日本的牡蠣也比台灣蚵仔大很多，而且似乎有一年比一年大的趨勢。

不分四季的熱愛
——海鮮丼

平時買菜，我可說是標準的節省太太，買到物美價廉的食品才會心滿意足高高興興。可是，做起海鮮丼來，我的標準就與平時不一樣了。

你也許覺得奇怪，寒冷的冬天裡，還要吃冷食嗎？但是，日本人對生魚片的熱愛是著實不分一年四季的。

比如說，這天，我工作忙下班晚。家人也都有事，沒有足夠時間準備晚餐。這樣的時候，如果住在台灣、香港、新加坡等地方的話，答案一定是出門去餐廳吃的吧？但是在日本，至少我們老覺得外邊餐廳供應的飯菜，要麼太簡單或者太複雜。吃拉麵、外帶壽司當午餐還行，但是晚餐呢？過於簡單，肚子飽了，腦子還不飽。但是去燒肉屋或者居酒屋？又不需要每晚都是忘年會。

每次遇到這樣的情況，最好的辦法

是：在家裡炊飯，煮一鍋味噌湯，然後買來一兩種生魚，切成刺身吃。再好不過的答案則是：買來幾種生魚，在家做散壽司或者海鮮丼。這樣子一定能贏得家中大小的拍手喝采。謝謝，謝謝大家的支持，謝謝。

散壽司是在以糖、醋、鹽調味好的常溫壽司飯上面擱了幾種生魚片的。說到海鮮丼，應該不用壽司飯而用普通白米飯，而且是熱呼呼的。不過，實際情況不見得如此。這些年，市面上流行說海鮮丼，導致我在家中做的散壽司也以海鮮丼之名通行了。

我通過LINE告知家中各位：今晚要做海鮮丼了，而且很有可能是豪華海鮮丼，請先把米飯煮好。只要家裡有煮好的米飯，把生魚買回家，完成海鮮丼之前，就不需要半個鐘頭的功夫。也就是喝紅白各一杯葡萄酒加蘇打的時間；我應該有足夠的精力撐下去。

鮮魚店跟其他食品商店的區別是，每天擺的貨色和價錢都不一樣，到了現場才能決定今晚買什麼吃什麼。平時買菜，我可說是標準的節省太太，買到物美價廉的食品才會心滿意足高高興興。可是，做起海鮮丼來，我的標準就與平時不一樣了。因為今天我比較價錢的對象是餐館或者外賣店。吃一碗拉麵和一盤餃子就要一千日圓吧。那麼我為一份豪華海鮮丼花了一千日圓的成本也不算過分了，對不對？

海鮮丼比起刺身定食的強勢在於可以混合多種魚。同時享受不同味道的幾種魚，所帶來的滿足感就跟單獨吃一種魚不一樣。這一天，我買了鰤魚、鮭魚、章魚、北寄貝。眾所周知，章魚和貝類的滋味跟普通魚類比較，則有過之而無不及，而且口感不一樣。尤其對加拿大產北寄貝，我家人都情有獨鍾，也不奇怪，插在海鮮丼中，不僅紅橙白的顏色看起來很漂亮，而且味道也特別甜美。超讚。

抵達家中廚房時，我雖然還沒開始喝葡萄酒加蘇打，心情已經相當好，該是隨意花錢造成的幸福感吧。這麼一來，對本來要簡單度過的晚餐，不知從哪裡湧上一股創造慾來。於是在壽司飯中，我投入一把芝麻、醋薑末，上面也擱了一層海苔片，然後才是鰤魚、鮭魚、章魚、北寄貝。端上飯桌的時候，我還煞有介事地告訴大小朋友們：米飯和魚都有續的，請各位吃個痛痛快快。

海鮮丼比起刺身定食的強勢在於可以混合多種魚。

下酒首選
——鱈魚「真子」

買回家在柴魚湯裡加清酒、砂糖、醬油煮上二十分鐘，就是一道很下酒也很下飯的好菜餚了。

有鱈魚必然有「鱈白子」（魚白），也必然有鱈魚卵吧。畢竟，在一般情況下，有爸爸和媽媽，才會生下孩子來。然而，在日本鮮魚店，看到白子的頻率比看到鱈魚卵的頻率高很多。這究竟是怎麼回事呢？

首先，我要說明，日本所謂的鱈魚，其實有兩種。一種叫「真鱈」（まだら），另一種叫「助宗鱈」（すけそうだら、也叫介黨鱈：すけとうだら）。真鱈個頭大，助宗鱈個頭小。魚肉好吃的是真鱈，日本菜於冬天的名菜之一「鱈散鍋」就是用真鱈肉做的。「鱈散」裡也可以放入白子，這麼一來身價就要提高不少了。

至於助宗鱈，在魚店裡看到的機會少。因為這種魚一般用來做魚漿，加工後變成魚餅（甜不辣、黑輪）或者假螃蟹等的。助宗鱈的魚卵則為眾所周知的「明太子」（めんたいこ）、「鱈子」（たらこ）之材料。用鹽醃漬了就是鱈子，乃日式飯糰的重量級材料之一。鹽醃後放入辣椒醬裡，則成為明太子了。就因為如此，在魚店裡也幾乎看不到生鮮助宗卵。

真鱈的個頭比起助宗鱈，往往要大上十倍。結果，精巢、卵巢也相當大，各會超過一公斤。一公斤大的精巢，切小後燙一下並冷卻，就可以用來做冷盤「白子椪醋」或「鱈散鍋」了。嚐起真鱈魚的白子來，味道、口感跟魚身的大小沒有關係。

因為鱈魚白太好吃，所以帶著白子的公鱈魚，賣價遠超過母鱈魚。這導致一些商家，從美國、俄羅斯等盛產真鱈卻不懂得吃白子的國家，專門進口鱈魚白過來（正如華人圈進口跟身體甚至雞腿都分開的雞腳）。難怪，日本鮮魚店擺著賣的鱈白子分量，遠超乎整條真鱈的分量，更不用說鱈魚卵了。

從母真鱈的肚子來的魚卵，日本人稱之為「真子」（まこ），以跟助宗鱈肚子來的「鱈子」分別開來。不像冬天在魚店裡經常看到真鱈白子，遇見「真子」的機會不多，

買回家在柴魚湯裡加清酒、砂糖、醬油煮上二十分鐘吃吧，就是很會下酒也很會下飯的好菜餚了。

一年裡只有幾次而已。一包「真子」至少有五百克，賣價比鮟鱇魚的肝、鱈魚白等還便宜很多。買回家在柴魚湯裡加清酒、砂糖、醬油煮上二十分鐘，就是一道很下酒也很下飯的好菜餚了。最近一次，我是跟裙帶菜一起煮，使得全家大小都吃得好開心。

全世界的開胃菜
——棒鱈

日本人對真鱈魚的卵子一般不大青睞，乃覺得味道、口感不夠細膩的緣故。但是，西方人的意見有所不同。

在這兒順便提一下把「真鱈」風乾而成的「棒鱈」吧。這種乾鱈魚在日本歷史上長期存在；尤其是沿海交通發達的江戶時代，在北海道、東北等寒冷地區釣上的鱈魚，弄成「棒鱈」以後，大量運到日本西南部來推銷。結果，直到今天，九州等本來不產鱈魚的地方，仍舊保持吃「棒鱈」的習慣，而且還當上過年過節吃的佳餚。其中，京都人當年菜吃的「芋棒」（芋頭棒鱈）最為有名。

有趣的是，幾乎同樣的故事在歐洲也流傳下來。十五世紀開始的大航海時代，遠路航海而到亞洲來的葡萄牙船員，包括傳教士和商人，為了在漫長的航海過程中穩定攝取蛋白質，載上了北歐國家生產的風乾鱈魚叫Bacalhau（葡語）。

結果，直到今天，不僅在葡萄牙本國，而且遠在非洲、印度、澳門，甚至巴西等全球的原葡萄牙殖民地，都有吃風乾鱈魚的習慣。已融入粵語的「馬介休」，就是葡語Bacalhau的當地發音。

不僅如此，日本人超愛吃的炸物可樂餅（コロッケ），最早也是葡萄牙人把乾鱈魚肉和馬鈴薯混合後油炸而做的。澳門人所說的炸馬介休球，便是日本可樂餅的祖宗。你說：那麼，日本「棒鱈」本來不也是學了葡萄牙船帶來的Bacalhau嗎？

有可能。

總之，鱈魚包括其卵在全球的普及度，實在不可低估。

日本人對真鱈魚的卵子一般不大青睞，乃覺得味道、口感不夠細膩的緣故。但是，西方人的意見有所不同。比如說，吃油炸鱈魚配薯條著名的英國人，其實也滿愛吃「真子」的。當地超商有賣公主牌罐裝「真子」，英國人不僅拿它跟雞蛋一起炒來當早餐，也給它裹上麵包粉後油炸吃，味道離可樂餅不很遠。同樣菜譜在丹麥等北歐地區也常見。

不過，把視野再放開一下，世界上，希臘菜中的「真子」沙拉（taramasalata）應該更有名吧。這是一種開胃菜，把鹽醃過的鱈魚卵鬆開以後，以橄欖油、檸檬汁、蒜頭泥、麵包渣等調味好而塗在吐司上吃的。菜名中的「tarama」是希臘語中指醃漬魚卵的單字，跟日語中「鱈真子」（tara -mako）的發音很像，純屬偶然，你說是不是？

聖誕大餐

大家一起吃大塊烤肉，而且是當家先生揮大刀切片的，確實帶來一種原始的歡喜，個中似乎也能追溯到人類歷史早期的宗教性。

火雞用日語叫做七面鳥。但是日本沒有七面鳥，連在動物園裡都很少看到。七面鳥的名字，我們倒從小就聽過很多次。據說是外國人過聖誕節要吃的。可是在日本，沒有賣七面鳥肉。餐廳裡、市場上就是都沒見過。

我長大後去加拿大旅居六年半。當地不僅在聖誕節，而且在感恩節等家庭聚餐的時候，都要吃烤火雞。當初，我很興奮：從小憧憬的外國大餐，終於有機會嚐到了。

北美老百姓的大餐，是把烤好的肉切成片，配上烤馬鈴薯、煮蔬菜，蘸點肉醬吃的。吃烤火雞的時候，習俗上就配上紅色甜味的越橘醬（cranberry sauce）。我平生第一次看到的烤火雞特別大，比普通母雞大好幾倍，足夠供應給十多個人吃的樣子。至於火雞肉，顏色是白的，味道則像烤雞肉，該說平常，沒什麼特別。我覺得有趣的是火雞放入烤箱之前，要用白麵包填上腹腔，等火雞烤好，再把肚子裡的麵包挖出來吃。不過，這當地人所謂的「stuffing」（填物）嚐起來，味道並沒有出乎意料。

儘管如此，大家一起吃大塊烤肉，而且是當家先生揮大刀切片的，確實帶來一種原始的歡喜，個中似乎也有能追溯到人類歷史早期的宗教性。這種聚餐，每一年裡，除了聖誕節以外，還有復活節、母親節等幾次。復活節吃豬火腿，其他時候也會吃牛羊肉，關鍵在於大塊烤，並且由當家先生切片。

在日本，享用大塊肉的機會歷來不多，可以說幾乎等於零。我小時候的一九六〇、七〇年代，日本人凡事要學西方人的風俗習慣，但是島國上沒有火雞吃，只好由烤雞來代替。再說，當年日本家庭中烤箱還沒有普及（乃等到八〇年代後，才作為微波爐的附屬品普及的），很難在家中廚房料理全雞。所以，對日本小孩來說，不僅是烤火雞，連烤全雞都屬於夢想之列，實際上出現在我家飯桌上的，至多是從超商買來的烤雞腿。

一人一根烤雞腿，就是我小時候嚐到的最大塊肉。味道好不好？當年覺得非常好吃。現在回想起來，實際上，心裡的興奮和滿足感壓倒著味覺上的歡喜。

我三十五歲結婚回日本定居，彼此又不是基督徒，還要過聖誕節嗎？主要是生了孩子以後，希望他們能收到聖誕老人送給乖孩子的禮物。那麼聖誕晚餐呢？老公問我：西方人的聖誕節是怎麼過的？我告訴他：烤大塊肉，由當家先生切片分給大家吃。

家附近有高級超市紀之國屋，到了聖誕前夕，為外國顧客進貨冷凍的全火雞，乃需要有美國製造的大型烤箱才能夠容納。我們家的義大利 Delongih牌烤箱沒那麼大，可是烤一烤全母雞還可以。於是老公開始每年聖誕節烤一隻母雞了。

烤牛肉，烤羊排，我有時候也會做。可是，烤雞的程序較為不單純。日本人愛吃米飯多於麵包，所以我家烤雞時候的填物不是麵包而是米飯了。在母雞肚子裡待過兩個小時的米飯，挖出來跟烤雞肉一起吃味道特好，比麵包好很多，大家都搶著吃。老公受到鼓勵，開始把白飯換為味道口感都複雜點的混合穀物，後來也加洋菇、芹菜、洋蔥、堅果等，煮熟後再填進母雞肚子裡。大廚在烤箱旁等待漫長的料理時間，手頭上也不閒著，因為要用雞肝雞胗等熬出肉滷來。

十二月二十五號晚上七點，我們家飯桌上出現一年一次的烤全雞和聖誕蛋糕。

十二月二十五日晚上七點，我們家飯桌上出現一年一次的烤全雞。老公揮著歐洲進口的大刀叉，先把雞腿分給孩子們，跟著把雞翅分給我公婆。配上了混合飯，再倒一倒香噴噴的肉滷。大廚很忙，因為同時也要開香檳酒。乾杯！開動！花整個下午烤好的全母雞，吃起來很快。早年，孩子們還小，會留下第二天要做成三明治的一點雞肉。近年留下的只有吃得乾乾淨淨的骨架而已。

因為老公負責烤雞的全部過程，我則負責甜品就好。也是歐洲式的樹幹形巧克力蛋糕（bûche de Noël）。看起來複雜，做起來比較簡單。因為基本上是捲蛋糕，烤出單薄蛋糕就行，不用擔心發不發的問題。從烤箱拿出來，等到不熱了，就把鮮奶油塗在上面，然後像太卷壽司一樣，把整個蛋糕捲起來，用保鮮膜包住，先在冰箱裡放置一陣。過了一兩個鐘頭，再把捲蛋糕擱在案板上，以斜刀切出斷面來，用剩下的鮮奶油畫個年輪狀。然後用巧克力鮮奶油裝飾外邊，看起來有點像森林裡躺著的樹幹就可以了。

孩子們成長得很快，聖誕老人早已不來我家了。可是，聖誕夜喝著香檳酒，吃烤雞和樹幹形蛋糕的習慣還在持續。到底還會持續多久？我都不曉得。只是覺得我們藉著外國人的節日享樂了不少：謝謝聖誕老人！

御節料理

傳統上，十二月三十一日晚上，主婦們還在廚房裡忙來忙去。其他家庭成員則邊吃橘子邊看電視上的《唱片大賞》《紅白歌合戰》《去年來年》等年復一年在年夜裡播放的節目。

過完了聖誕節，很快就得開始準備過元旦了，可見假洋鬼子的日子也並不容易過的。

聖誕樹到了什麼時候才收拾呢？十二月二十八日，家門外立起「門松」（かどまつ），掛起「注連繩」（しめなわ、守歲繩），家裡擺出「鏡餅」（かがみもち）之前，非收拾不可吧。剛送走外國神明，馬上迎接本國神明，實在忙得不可開交。

從前的日本主婦，每年到了十二月二十八日，就開始做各種「御節料理」即年菜。跟其他國家的年菜有所不同的是，日本的「御節料理」本來是一月一日早上，也就是元旦吃的。早就料理好而裝在兩三層「重箱」（正方形漆器）裡的，主要是紅燒過的蔬菜及乾貨，如昆布卷、香菇、芋頭、蓮藕、蒟蒻，或者在蜜糖裡料理過的黑豆、栗子甘藷泥等等。傳統上，日本從初一到初三都不開伙，要吃寒食的。為了不讓食品腐敗，祖先們只好動員鹽或糖；結果大多的菜都不是太鹹就是太甜，逐漸不大討現代人喜歡了。

同時，人們的生活方式也有所變化。現代日本人一般都晚上吃大餐，早飯則輕輕帶過。一月一日早晨吃大餐並不是不可以，但是前一晚吃什麼？

傳統上，十二月三十一日晚上，主婦們還在廚房裡忙來忙去。其他家庭成員則邊吃橘子邊看電視上的《唱片大賞》《紅白歌合戰》《去年來年》等年復一年在年夜裡播放的節目。快到午夜的時候，匆匆在廚房裡煮一下麵條，吃「越年蕎麥」，吃完了冒冷出去到附近的神社拜新年。然後，回家睡一覺，醒來之後，才擺出前一晚已經完成的「御節料理」，也喝一口「屠蘇酒」來許願新的一年裡身體健康。

然而，對於生活水平提高，平時都吃得不差的現代人來說，傳統的「御節料理」並沒有太大的吸引力。除了太鹹、太甜以外，內容缺乏新鮮感，而且年初三天都要重複吃一樣的東西。如今不僅孩子而且大人都會說：又要吃剩菜了？

再說，從前的過年大餐裡，包含的魚肉不多；至多只有鹽漬鯡魚子、醋泡章魚、紅白魚餅、魚漿燒蛋卷等，而由於市場關門，亦吃不到生魚的。今天可不同，商店開到十二月三十一日下午，部分超市則一年三百六十五天都不關門。大年夜那天，匆匆買回家放在冰箱裡，年初幾天每一頓飯拿出不同的魚呀肉呀來吃，一點困難都沒有。

在如此這般的時代環境裡，我家吃的「御節料理」也離傳統形式有一段距離了。

首先決定從十二月三十一日晚餐開始吃「御節料理」，但是大年夜還吃普通米飯。「御雜煮」即年糕湯則從一月一日早飯開始吃。部分象徵性高的菜餚如醋泡章魚、紅白魚餅以及最高級的鮪魚腹肉刺身，也等到元旦才吃。每年手工做的「御節料理」則決定限制為：蜜糖黑豆、「數之子」（醃漬鯡魚子）、「田作」（拔絲小沙丁魚乾）三樣。其他菜餚，若想做也可以做。這一次女兒就自己做了「錦卵」（にしきたまご、二色雞蛋），乃黃白兩色分得很漂亮。

一月一日中午，我們一般去神社拜年，而後在附近的蕎麥店吃午飯。一月初的日本商店經常發紀念禮物給顧客。這一家蕎麥店每年都贈送一小瓶「七味唐辛子」（綜合辣

對現代日本人來説，「御節料理」不再是整年期待吃的節日美味，但是做著、吃著會感受到過年這一節日的意義。

椒粉），足夠我們一家用到年底。從我家走到神社（谷保天滿宮）去，又走回家的來回三公里路上，每年都會碰到幾個熟人順便拜個年，但每年都是不同的熟人。今年碰到的是女兒從四歲到十四歲學了十年鋼琴的老師一家人，以及由於調職舉家去美國三年，聽說最近剛回日本的老鄰居。

對現代日本人來說，「御節料理」不再是整年期待吃的節日美味，但是做著、吃著會感受到過年這一節日的意義。那包括回想過去和展望未來，也就是生命之延續和時光的無限性。對我來說，醋泡章魚的味道是回想已故父親的固定契機。老公則似乎對「田作」有什麼追溯到孩提時代的回憶。大家都有大家的回憶，不一定相融合，但是綜合起來，就是一個家庭的元旦了。

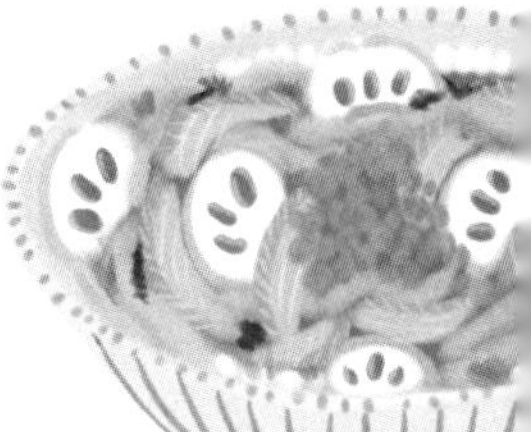

美麗田 170

這一年吃些什麼好？
東京家庭的四季飲食故事

作者｜新井一二三
內頁攝影｜林弓
出版者｜大田出版有限公司
台北市一〇四四五中山北路二段二十六巷二號二樓
E-mail｜titan@morningstar.com.tw　http://www.titan3.com.tw
編輯部專線｜（02）2562-1383　傳真：（02）2581-8761

總編輯｜莊培園
副總編輯｜蔡鳳儀
行銷編輯｜陳映璇／黃凱玉
行政編輯｜林珈羽
校對｜黃薇霓／金文蕙
內頁美術｜陳柔含

初刷｜二〇二〇年七月一日　定價：三八〇元
二刷｜二〇二一年四月十五日

總經銷｜知己圖書股份有限公司
台北｜一〇六台北市大安區辛亥路一段三十號九樓
TEL：02-2367-2044／2367-2047　FAX：02-2363-5741
台中｜四〇七台中市西屯區工業三十路一號一樓
TEL：04-2359-5819　FAX：04-2359-5493
E-mail｜service@morningstar.com.tw
網路書店｜http://www.morningstar.com.tw
郵政劃撥｜15060393（知己圖書股份有限公司）
印刷｜上好印刷股份有限公司
國際書碼｜978-986-179-595-9　CIP：861.67/109005495

填回函雙重禮
① 立即送購書優惠券
② 抽獎小禮物

國家圖書館出版品預行編目資料

這一年吃些什麼好？／新井一二三著．
——初版——臺北市：大田，2020.07
面；公分．——（美麗田；170）

ISBN 978-986-179-595-9（平裝）

861.67　　109005495

法律顧問：陳思成